_____님께 드립니다

그리운. 연약한. 사랑스러운 당신께
아직은 설익은 위로를 선물합니다.

아주 작은 형용사

아주 작은 형용사

그리운, 연약한, 사랑스러운 사람들의 이야기

김재원 에세이

세상은 위로가 필요하고
위로는 연습이 필요하다

말하는 직업
글 쓰는 부업
책 읽는 취미
위로하는 삶

1   제가 일상에서 보고 느낀 생각을 위로의
마음으로 풀었습니다.
위로받는 마음, 위로하는 마음으로 읽어 주십시오.

2   는 새로 쓴 글입니다.

  는 다시 쓴 글입니다. 제가 그동안 신문,
잡지에 쓴 글, 인터뷰, 강연에서 한 말을
다시 정리하고 덧붙였습니다.

3   인생을 돌아보는 내 삶의 형용사들을 중심으로
글을 썼습니다. 여러분의 인생 속에 그 단어들을
집어넣고 성찰해 주시면 제게는 큰 기쁨이 되겠습니다.

II장 말본새

III장 와장창

IV장 큰 투표함

　　말하는 직업을 갖고 삼십 년 가까이 씨름하는 단어가 있습니다.

　　'소통'입니다.

　　"막히지 아니하고 잘 통함."

　　"뜻이 서로 통하여 오해가 없음."

　　사전에 나온 두 줄이 분명 소통을 잘 설명하고 있습니다.

　　하지만 이 일이 얼마나 힘든지 스무 해를 넘기면서 깨달았습니다. 애당초 안 되는 것이었습니다. 막히지 않을 수가 없습니다. 오해가 없을 수가 없습니다. 그래도 어떻게든 붙들고 있습니다.

　　무슨 말을 해야 하는지 조금 알게 된 다음부터 끌어안은 단어가 있습니다.

　　'공감'입니다.

　　"남의 감정, 의견, 주장 따위에 대하여 자기도 그렇다고 느낌. 또는 그렇게 느끼는 기분."

　　누가 사전의 정의를 내렸는지 참 잘 썼습니다.

그런데 이 일이 얼마나 힘든지 인터뷰를 해 보고, 글을 써 보겠다고 마음먹으니 알겠습니다. 그렇게 느끼는 기분은 흉내조차 힘듭니다. 타인의 공감을 받는 글쓰기가 이렇게 힘든 줄 미처 몰랐습니다. 그런데 그래도 혹시나 해서 붙들고 있었습니다.

이제 새로운 단어를 친구로 사귑니다.

'위로'입니다.

"따뜻한 말이나 행동으로 괴로움을 덜어 주거나, 슬픔을 달래 줌."

사전 속 글 한 줄인데 벌써 마음이 놓입니다. 왠지 이건 좀 할 수 있을 것처럼 보입니다. 어쩌면 이것도 어려운 일인지도 모릅니다. 그래도 이건 좀 해 보렵니다. 따뜻한 말이나 행동은 연습하면 될 것도 같습니다. 괴로움을 없애진 못해도 덜어 줄 수는 있습니다. 슬픔을 사라지게 하진 못해도 달래 줄 수는 있습니다.

사실 위로를 붙들게 된 건 내가 위로가 그립기 때문입니다. 많은 사람들이 위로해 주지만 위로로 들리지 않을 때가 있습니다.

가장 그리운 위로는 엄마의 위로입니다.
저는 오래전부터 엄마의 위로를 들을 수 없습니다.
엄마도 나를 위로해 주지 못할 때, 아무도 나를 위로해 주지 않는다고 느끼는 사람들에게,

그래서 이제 시작합니다.
위로 연습을.

2022년 봄에
김재원

I장 — 가느다란

ㄱ

가물가물한

값싼　고독한

괜찮은

고마운

고통스러운

과묵한

굵은

궁금한

그리운　긴

깨끗한

꼿꼿한

ㄴ

나다운

냄새나는

냉장고 같은   느른한

늘 같은

ㄷ

다른

당황스러운

더 나은

뒤늦게

라디오 같은   ㄹ

인생은 순간과 순간을 잇는
가느다란 끈으로 연결되어 있습니다.
때로는 끊어질 듯하면서도,
쉽게 끊어낼 수 없는 실처럼,
그 끈은 결코, 약하지 않습니다.
연싸움을 할 때 풀 먹인 실처럼,
유리 가루 묻힌 실처럼
인생의 가느다란 끈은 잘 버텨 줄 겁니다.
위로, 한마디로
인생의 가느다란 끈을 질기게 만들어 보시죠.

가물가물한

마음은 작고 약한 불빛 같습니다.

심지어 사라질 듯 말 듯 아련히 움직입니다. 아무도 나를 위로해 주지 않을 때, 마음은 손에 잡히지도 않고 희미하며 촛불처럼 바람에 쉽게 흔들립니다.

이 세상에 태어나 두려움에 목 놓아 울었을 때도
아무도 나를 위로해 주지 않았습니다.
열세 살 겨울, 엄마가 돌아가셨을 때도
아무도 나를 위로해 주지 않았습니다.
열아홉 살 겨울, 대학 입시에 실패했을 때도
아무도 나를 위로해 주지 않았습니다.
스물여섯 겨울, 그 어느 직장에서도 나를 받아 주지 않을 때도 아무도 나를 위로해 주지 않았습니다.
스물여덟 가을, 홀로 계신 아버지가 쓰러졌을 때도
아무도 나를 위로해 주지 않았습니다.
서른셋 봄, 중풍 병자 아버지가 나를 홀로 남겨 놓았을 때도 아무도 나를 위로해 주지 않았습니다.

사람들의 위로를 언제 받았는지 가물가물합니다.

사람은 세 살까지 만든 마음과 여섯 살까지 배운 관계 맺기로 평생을 살아간다는데, 세 살 때 지어진 마음은 위로가 필요했고, 여섯 살 때 배운 관계는 위로가 서툴렀습니다.

위로의 기억이 가물가물한 것은 자신의 마음도, 타인의 마음도 모르던 내가 위로를 기억하지 못하기 때문입니다. 그들의 위로가 들리지 않았기 때문입니다.

태어났을 때도
열세 살 겨울에도
열아홉 겨울에도
스물여섯 겨울에도
스물여덟 가을에도

서른셋 봄에도
누군가는 내 곁에 있었습니다.

타인의 존재, 그것이 위로였습니다.
그 위로는 넘어진 나를 일으켜 세웠고, 기억하지 못한 위로는 다시 살아가는 내 마음에 굳은살이 됐습니다. 아무도 위로해 주지 않는다고 느끼는 당신에게 이제 내가 곁에 있겠습니다.
가물가물한 위로의 기억을 연습장 삼아 몇 자 적습니다.

아주 작은 형용사로 하는 위로 연습.

값싼 ✒

어린 시절, 아버지가 늦게 오시면 엄마는 앞머리를 넘겨 보라 하셨습니다. 앞머리가 내려와 이마를 금세 덮으면 아빠가 금방 들어오시는 것이고, 머리 위에 넘겨진 채로 있으면 더 늦으신다는 겁니다. 아빠 기다리는 아들 마음을 공감하시는 방법이었을까요?

아빠는 늦으시면 꼭 먹을거리를 챙겨 오셨습니다. 주로 저녁 약속이 있었던 식당의 음식입니다. 종로회관 빈대떡이 정말 맛있었던 기억이 납니다. 한일관 불고기를 갖고 오기도 하셨고, 전기구이 통닭이나 그 비쌌던 바나나 한 송이나 하다못해 종합 과자 선물 세트라도 들고 오셨습니다. 아들이 기다린 건 아빠가 아니라 아빠의 귀가 선물이었던 모양입니다.

다 큰 아들이 대학에 간 후부터 귀가 선물을 들고 옵니다. 주로 자기가 먹고 싶은 것들을 들고 와 생색을 내지만, 생일이나 기념일에는 다른 동네까지 가서 우리가 좋아하는 치즈타르트케이크를 사 들고 옵니다.

사실은 우리 집 아들만의 귀가 선물이 있습니다. 가끔 검은 봉지를 들고 들어옵니다. 그 안에는 도라지, 더덕, 땅콩, 검은콩, 주로 이런 것들이 있습니다. 전철역 앞에서 노점을 펼치고 간절하게 바라보시는 할머니들의 눈빛을 도무지 피할 수 없다는 겁니다. 그분들을 위해 꼭 오천 원, 만 원짜리를 갖고 다닌답니다.

아들의 단골이 또 있습니다. 전철역《빅 이슈》판매원입니다. 노숙인들이 빨간 조끼를 입고 판매하는 그 잡지책을 꼭 사 들고 옵니다. 어떤 때는 같은 호를 또 사 올 때도 있습니다. 지난번은 신촌역에서 샀고, 이번에는 공덕역에서 샀답니다. 제법 친해진 아저씨도 있는 모양입니다. 비닐을 뜯고 내용을 들춰 보는 것은 아빠 몫입니다.

한번은 이런 일이 있었습니다. 아들이 사 온 강낭콩을 넣고 밥을 지으려던 아내가 소리칩니다. 콩을 불렸는데 도무지 그대로랍니다. 가만 보니 플라스틱 모조 콩이었습니다. 당연히 중국산이겠거니 했지만, 뉴스에서 가짜 달걀 이야기는 들었지만 이렇게 가짜 콩을 넣고 밥을 지을 뻔 할 줄은 몰랐습니다.

그날 저녁 아들에게 이 사실을 알렸습니다. 앞으로는 잘 보고 사라는 뜻이었습니다. 하지만 아들은 이렇게 말했습니다.

"그 할머니도 속았나 보다."

하도 기가 막힌 아내가 "할머니가 그런 걸 어떻게 속아, 팔다 보면 알게 되지."라고 했더니 아들이 이러더군요.

"그 할머니도 오죽하면 그랬겠어. 그래도 그 콩, 우리 집에 오게 돼서 얼마나 다행이야. 엄마 좋아하는 화분에 장식용으로 쓰면 되겠다. 그거 오천 원이면 싼 거야."

때로는 부모가 아이 등을 보고 자라는 집도 있습니다.

고독한 ——————— ✐

많은 사람이 걱정하는 것은 고독입니다. 솔로의 고독, 백수의 고독, 노년의 고독 같은 것들이죠.

고독을 사전에서는 이렇게 말합니다.

"세상에 홀로 떨어져 있는 듯이 매우 외롭고 쓸쓸함."

한 가지 정의가 더 있습니다.

"부모 없는 어린아이와 자식 없는 늙은이."

두 번째 정의를 보면서 느낌이 달라집니다.

어쩌면 내가 느끼는 고독이 사치일 수도 있겠다고 말입니다.

혼자 살아야 하는 어린이나 어르신들이 느끼는 막막함은 말로 표현하기 힘들 겁니다. 물론 혼자 살아야 하는 어린이라고 모두 불행하진 않습니다. 그들도 역경을 딛고 행복한 가정을 꾸립니다.

혼자 사는 어르신들도 상황과 환경을 이겨내고, 혼자 사는 즐거움을 누리기도 합니다. 그렇다면 우리가 너무 고독에 쉽게 져 버리는 게 아닐까요? 물론 매우 외롭고 쓸쓸한 감정은 마음대로 통제하기 쉽지 않습니다.

그래도, 그래도, 혹시 고독에는 외롭고 쓸쓸함 대신 다른 감정이 숨어 있진 않을까요?

나이가 들면서 혼자 있는 시간이 참 좋아졌습니다. 물론 자의와 상관없이 주어진 시간이라면 당황스러울 때도 있습니다. 외롭고 쓸쓸함이, 제게 다가오는 것이 보입니다. 하지만 그 감정들이 제게 침범하지 못하도록 막습니다.

외로움 옆에 있는 다른 감정과 기분을 찾아냅니다. 옆에 떠다니는 감정 중에 마음에 드는 것이 있습니다.

바로 자유입니다.

외부적인 구속이나 무엇에 얽매이지 않고 자기 마음대로 할 수 있는 상태 말입니다.

자유롭다면, 약간의 고독을 허락하겠습니다.적당히 고

독하면서 적당히 자유로우면 어떻겠습니까?

　벌써 이문재 시인은 이렇게 노래했습니다. "자유롭지만 조금 고독하게/그리하여 자유에 지지 않게//고독하지만 조금 자유롭게 그리하여/고독에 지지 않게"(「자유롭지만 고독하게」)라고요.

　그렇습니다. 당신이 느끼는 고독에 자유를 붙여 주는 겁니다. 둘이 싸움을 붙여도 되고, 친구로 만들어 줘도 됩니다.
　그렇게 고독을 보내는 겁니다. 우리가 느끼는 감정 하나에 매몰되지 말고 적당히 섞어 보는 겁니다.

　고전학자 김동훈은 『별별명언』이라는 책에서 단련되지 않은 정신은 혼자 있는 것을 좋아하지 않는다고 말합니다. 그러니 내 생각을 단련시켜서 감정들을 블렌딩 하는 훈련을 하는 겁니다. 고독에 자유만 섞어도 제법 즐길 만한 감정이 나올 겁니다.

  사람들이 만든 비극은 혼자 방 안에 있을 수 없었기 때문이라고 하죠.

  세상은 앞으로 우리에게 혼자 있어야 하는 시간을 많이 줄 겁니다.
  그러면 고독에 힘들어하지 않고, 고독을 버텨낼 수 있는 감정을 찾아내야 하지 않겠습니까?

  어쿠스틱 밴드 '신나는 섬'이 들려주는 〈위로의 노래〉에 귀 기울여 보는 건 어떨까요.
  그 노래는 다름아닌 혼자 걷는 길을 위해서, 피고 지는 꽃을 위해서, 그리고 '지금의 너를' 위해서 울려 퍼집니다.

고요한 새벽을 위한 노래와, 해 뜨는 언덕을 위한 노래가 여기 있습니다.

고마운

어느 해 대학에서 가르쳤던 아이들이 밥을 사 달라고 연락이 왔습니다. 저는 올해 가르치고 있는 학생들 수업이 끝나고 그 아이들을 만났습니다.

아이들이 군대에 간다는군요. 한 아이는 사흘 후, 두 학생은 한 달 후입니다. 한 학기 맺은 인연이지만 그래도 군대 간다고, 선생이라고 찾아와 주니 은근히 고맙더군요.

이런저런 인생 질문에 답해 주다 보니, 우리 아들에게는 미처 못 해 준 얘기라는 걸 깨달았습니다. 흔히 삿된 말로 '꼰대' 얘기라 지루할 법도 한데, 제법 감동 어린 표정으로 연신 끄덕이며 듣습니다. 아마도 내 아들은 이렇게까지는 안 들었겠다 싶습니다.

사실 오늘은 아들이 입대한 날입니다. 생방송에 강의까지 있어서 논산까지도 같이 못 가고, 이른 아침 용산역에서 배웅했더랬습니다.

마침 문자가 옵니다.

"아빠, 나 이제 진짜 들어가. 내 아빠여서 고마워."

눈물이 핑 돕니다.

못난 아빠가 뭐가 그리 고마운지요. 아들 군대 가는 날, 남의 집 아들들에게 밥 사 주는 아빠를 말입니다.

"그래 아들, 보고 싶을 거다. 내 아들이어서 고맙다.

너도 너 같은 좋은 아들 만날 거야. 평안과 축복."

아들에게는 미처 못 해 준 말들, 제가 못 한다 해도 남의 집 아빠들이 어디선가 해 주겠지요.

"얘들아, 부모님께는 꼭 인사 제대로 드리고 가거라. 남의 아빠 말인데 우리 아들 몫까지 잘 들어 줘서 고맙다."

그날 메뉴는 우리 아들이 좋아하는 돈가스였습니다.

고통스러운 ✒

어느 구름에 비 내릴지 모르는 게 인생이라는데, 고통
스러운 순간 한번 없었던 인생이 어디 있겠습니까?

설령 인생 내내 꽃길만 걸은 것처럼 보이는 사람도 숨
은 고통이나 아직 시작되지 않은 아픔은 분명 있을 겁니
다.

요즘 많은 사람이 고통은 축복이라고 말합니다. 그 시
간을 견디니까 복된 날이 오더라고 말입니다. 삶의 목적
을 이룬 특별한 사람들도 같은 이야기를 합니다. 고통의
순간 덕에 목표를 이룰 수 있었다고 말입니다.

그들은 실로 고통의 순간들을 잘 견뎌냈고, 지금 돌아
보니 그 덕에 오늘의 성공이 있었더라는 얘기입니다. 그
말은 맞습니다. 저도 그렇고, 분명히 그렇게 생각합니다.

하지만 이 말이 지금 고통의 절정에 있는 사람들에게는
그다지 위로가 되지 않는 모양입니다.

그 말을 백 번 들어도 지금 아픈 고통이 도무지 사라지

질 않는다는 말입니다. '다 잘될 거야'라는 말을 도무지 믿을 수가 없습니다.

실제로 성공한 사람들이 주로 책을 써서 그렇지, 어쩌면 고통의 후유증으로 삶을 그냥 마무리하는 인생이 더 많을 겁니다.

'모두 잘될 거라'는 말은 과장된 말입니다. 실제로는 잘 안 되는 경우가 더 많습니다. 이거 괜히 제가 시비를 거는 모양새입니다. 저는 기왕이면 제대로 위로하자는 뜻입니다.

섣부른 경험을 털어놓으며 불확실한 미래를 예언하지 말고 그 순간의 고통을 그냥 동조하고 공감하고 함께해주면 좋겠습니다.

가령 누군가의 장례식장에 가서 '우리 부모님도 돌아가셨는데 곧 잊히더라, 다 잘될 거다……' 이런 얘기는 하지 말자는 겁니다.

고통스러운 순간에 가장 힘든 것은 나 혼자 남은 것 같은 느낌입니다. 그때 그냥 함께 있어 주면 되는 겁니다. 먼 발치에서 얼굴만 언뜻 보여도 큰 위로가 되지 않겠습니까?

이십여 년 전 아버지마저 돌아가신 날, 혼자 조문객을 맞이했습니다. 밤이 되어 아내에게 어린 아들을 데리고 들어가라고 했습니다. 그때 네 살 난 아들아이가 제 다리를 붙잡고 안 가겠답니다. 울며불며 아빠 곁에 남겠답니다. 결국 네 살 아들과 함께 서서 계속 문상객을 맞이했습니다.

늦은 밤, 지쳐 쓰러져 잠들 때까지 제 곁을 떠나지 않았습니다. 그때, 아버지마저 떠나고 고아가 됐던 그 순간에 옆자리를 지켜 준 네 살 아들이 얼마나 큰 위로가 됐었는지요.

공감은 어렵습니다. 연민도 정답은 아닙니다. 그래도, 그래도 위로만큼은 제대로 해 봤으면 좋겠습니다.

어차피 우리 인생에는 아직, 누구에게나 고통과 실패의 기회가 많이 남아 있습니다.

과묵한

중학교 1학년 여름, 한 친구가 전학 왔습니다.

그 친구는 유난히 조용했습니다. 아무 말도 하지 않았습니다. 아무리 물어도 대답하지 않았습니다. 그냥 숫기가 없나 보다 했습니다. 곧 방학이 됐습니다.

2학기 때도 그 아이는 변하지 않았습니다. 우리도 이제는 귀찮게 하지 않았습니다. 그 아이는 공부를 곧잘 했습니다. 하지만 사회 시간에는 엎드려 잤습니다. 사회 점수도 엉망이었습니다. 담임이 물었지만 아무 말도 하지 않았습니다. 2학년이 되면서 서로 다른 반이 됐습니다. 그 아이는 잊혔습니다.

고등학교 1학년 때 그 아이와 또 같은 반이 됐습니다. 그 아이는 여전히 조용했습니다. 그때는 학년 전체가 단체로 많이 움직였습니다. 극장도 갔고, 농구 응원도 갔습니다. 높은 사람이 김포공항을 가면 태극기를 흔들러 가기도 했습니다.

우리 학교 담당 구역은 공덕동 로터리였습니다. 그 아이는 그 봄 공덕동에 가지 않았습니다. 다음 날 그 아이는 학생주임에게 맞았습니다.

가을에도 그 아이는 공덕동에 가지 않았습니다. 그 아이는 또 혼났습니다. 그 아이는 여전히 정치경제 공부를 하지 않았습니다. 그 이유는 아무도 몰랐습니다.

그 이유를 나는 어른이 되고서 알았습니다. 나는 지금 공덕동 로터리에 살고 있습니다. 가끔 그 시절이 생각납니다. 그때는 왜 몰랐는지도 알게 됐습니다.

나는 1980년에 중학교에 들어갔고, 그 아이는 광주에서 전학 왔습니다.

나는 한 번도, 단 한 번도
그 친구를 위로해 주지 못했습니다.

괜찮은

아내, 아들과 함께 저녁 식사를 하고 있었습니다.

"엄마, 어제 내가 컵 하나 깼어."

"어머, 안 다쳤어?"

"어, 설거지하다가 그만 미끄러졌어."

"바닥에 떨어졌어? 발은 안 다쳤어?"

"어, 싱크대 안에서 깨져서 신문지에 싸서 버렸어."

"안 다쳤으면 됐어."

아내는 묵묵히 식사를 이어 갔습니다. 궁금한 제가
물어봤습니다.

"어떤 컵인데?"

"엄마가 아끼는 빨간 컵. 미안, 엄마."

"괜찮아. 너를 훨씬 더 아껴. 아들."

아내는 애당초 어떤 컵인지 궁금하지도 않았습니다.

굵은

부러움과 열등감은 타인의 능력과 자신을 비교하는 같은 뿌리에서 나옵니다.

이 둘은 우리가 쉽게 헤어나지 못하는 넝쿨과도 같은 감정입니다. 부러움은 때로는 동기 부여의 씨앗이 되기도 하지만, 열등감은 자존감을 좀먹는 균이 될 때가 많습니다.

저는 중학교 1학년 때 음악 실기 시험에서 친구들의 비웃음을 산 적이 있습니다. 〈선구자〉를 부르다가 앞부분 '일송정~'의 음을 못 맞추자 선생님이 피식 웃으셨거든요. 선생님의 웃음소리에 교실은 친구들의 박장대소로 가득 찼습니다.

저는 결국 노래를 끝내지 못했습니다. 그 뒤로 저는 노래 못하는 사람으로 살아왔습니다. 그래서 노래 잘하는 사람이 제일 부럽습니다.

성악가 배재철 씨를 인터뷰한 적이 있습니다.

신은 그에게 소리를 주셨고, 다시 소리를 거두어 가셨습니다.

인생에 '암'이라는 굵은 선을 그으셨던 겁니다. 하지만 그는 오랜 투병 끝에 마침내 다시 소리를 찾아냈습니다. 예전에 비하면 턱없이 부족한 소리지만 새로 얻은 소리는 더 소중합니다.

그는 인터뷰 내내 눈물을 닦았습니다.

눈물샘에 작은 문제가 생겨 눈물이 자주 흐르기 때문입니다.

그의 인생에 굵은 선을 그어 버린 신은 그의 삶에 마르지 않는 눈물도 부어 주었습니다.

그 눈물은 그가 아팠던 내내 신이 함께 흘린 눈물이기도 합니다. 저는 솔직히 그 눈물이 부러웠습니다. 그 눈물이 다시 노래가 되었기 때문입니다. 그의 진심 어린 인터뷰는 눈물을 데리고 왔습니다.

인생에 그어진 굵은 선, 그 선의 앞뒤는 다릅니다.

신은 베토벤의 소리도 가져갔습니다.

하지만 작곡가라는 그의 직업이 바뀌지는 않았습니다. 베토벤은 소리를 듣지 못하게 된 다음에도 소리를 만들었습니다. 교향곡 9번 〈합창〉, 〈환희의 송가〉는 베토벤 자신이 직접 들어 보지 못한 그의 작품입니다.

에스레프 아르마간Esref Armagan은 앞이 보이지 않는 화가입니다.

터키 이스탄불 빈민가에서 태어난 그는 일찍 빛을 잃었습니다. 그러나 그는 원근법을 제대로 갖춘 풍경화를 그립니다. 실물을 제법 닮은 초상화도 그린답니다.

작곡은 청각만이 필요한 것이 아닙니다. 그림은 시각만으로 그리는 것이 아닌 모양입니다. 마음의 귀와 마음의 눈이 실제로 곡을 쓰고, 그림을 그립니다. 믿을 수 없지만 말입니다.

　신이 주지 않은 재능을 너무 안타까워하지 마십시오.
신은 재능을 주고도 또 어느 순간에 가져가기도 합니다.
　신은 오늘도 누군가의 인생에 굵은 선을 긋습니다.
　그 선을 넘어선 자들이 진정한 감사를 배우기 때문입니
다. 신께서 당신의 인생에 그은 굵은 선, 그 선은 내 인생을
막는 것이 아니라 돕고 있습니다.

　베토벤의 〈환희의 송가〉를 들어 보시겠습니까?
　아니면 테너 배재철의 〈Amazing Grace〉를 들으시겠
습니까?
　아, 먼저 에스레프 아르마간의 그림부터 찾아보시죠.
　그리고 당신 인생에 그어진 굵은 선을 찾아보십시오.
그 선을 넘어서서 당신 인생에서 새로운 그림을, 새로운
노래를 만나십시오.

궁금한

나를 사로잡은 것은 무엇일까? 나는 무엇의 노예일까? 문득 궁금해졌습니다.

결국, 하루 동안 관찰하기로 했습니다. 아침에 일어나서 밤에 잘 때까지 내 손에 가장 많이 닿은 사물, 내가 가장 신경 쓰는 물건은 역시 스마트폰이었습니다.

가만 살펴보니 딱히 중요한 일은 없습니다. 전화도 문자도 몇 통 안 됐고, 내용도 그다지 급한 것도 아닙니다. 큰의미 없는 것만 들어옵니다. 대단한 검색이나 중요한 업무를 보는 것도 아닌데 늘 곁에 두고 뭐 온 거 없나 확인하며 연연합니다. 이건 아니다 싶었습니다.

한 달 동안 실험에 들어갔습니다. 집에 있을 때는 방에 두었습니다. 운동을 갈 때나 가까운 외출에는 갖고 가지 않았습니다. 데이터 연결을 끊어 두어 이동 중에는 사용하지 않았습니다. 카카오톡도 접어 뒀습니다.

물론 아무 일도 없었습니다. 함께하는 모임의 총무 역할을 하는 몇 사람만이 약간의 불만을 드러냈을 뿐입니다. 오히려 평소에 늘 갖고 다니던 책을 읽는 시간이 많아졌습니다. 지하철이나 엘리베이터에서도 책을 몇 줄 읽었습니다. 그 시간이 무척 소중했습니다.

결국 큰 결단을 내렸습니다. 카카오톡을 탈퇴했습니다. 어차피 다른 SNS는 안 했으니까요.

그것만으로도 이제 스마트폰에 사로잡혔다는 느낌은 들지 않습니다. 물론 여전히 없어서는 안 되는 도구입니다. 아침에 알람 듣고 일어나고, 밤에 충전시키며 잠듭니다. 전화하고 이메일을 확인합니다. 심지어 지금 이 글도 스마트폰으로 쓰고 있습니다. 하지만 적어도 얽매이진 않습니다.

이젠 다음으로 나를 사로잡은 것은 무엇인지 궁금해졌습니다. 지금 언뜻 생각해 보니 혹시 활자가 아닐까 걱정됩니다. 그래도 활자는 저는 위로할 때가 훨씬 더 많습니다.

당신을 사로잡은 것은 무엇입니까?
궁금하지 않으십니까?

그리운

당신은 누군가에 의해 태어났습니다.
누군가 당신에게 젖을 물렸습니다.

당신은 누군가에게 걸음마를 배웠습니다.
누군가 당신에게 바깥 구경을 시켰습니다.

당신은 누군가에게 말하기를 배웠습니다.
누군가 당신의 소꿉친구가 되었습니다.

당신은 누군가에게 초콜릿의 달콤함을 배웠습니다.
누군가 당신의 선생님이 되었습니다.

당신은 누군가에게 질투를 배웠습니다.
누군가 당신의 첫사랑이 되었습니다.

당신은 누군가에게 배신을 배웠습니다.
누군가 당신을 처음으로 속였습니다.

당신은 누군가에게 눈물을 배웠습니다.
누군가 당신의 그리움이 되었습니다.

당신은 누군가의 사랑을 받았습니다.
누군가 당신의 배우자가 되었습니다.

당신은 누군가에게 선물을 받았습니다.
누군가 당신의 자녀가 되었습니다.

당신은 누군가에게 고용되었습니다.
누군가 당신에게 월급을 주었습니다.

누군가 당신의 생일에 케이크를 사 주었습니다.
당신이 촛불을 끌 때 누군가 함께 있었습니다.

오늘도 당신은 누군가의 잠든 얼굴을 봅니다.
누군가 당신의 먹는 모습을 보고 있습니다.

우리는 그 누군가를 잊고 살았습니다.
그 수많은 누군가가 오늘의 나를 만들었습니다.

누군가에게 깊은 감사를 드립니다.
나도 어떤 이의 인생에서 누구입니다.

우리는 서로 그리운 누군가가 되고 싶습니다.
당신의 눈 속에 그리운 누군가가 어려 있습니다.

긴 ✒

뉴욕의 브루클린 다리를 아들과 함께 걸었습니다.[1] 인생도 이 다리처럼 길다는 것을 말하고 싶었습니다. 아직 어린 아들이 내 마음을 이해할까 싶었습니다만, 인생도 이렇게 많은 사람이 걷고 있다는 것을 말하고 싶었습니다.

그냥 말하기로 했습니다. 아들이 언젠가 이해하리라 믿기로 했습니다.

"이 다리는 아버지가 시작해서 아들이 끝을 봤다는구나."

"너의 인생의 다리도 아빠가 시작했지만 네가 지어야 한단다."

"지금은 아빠가 너의 인생의 다리에 함께 서 있지만"

"나중에 그 다리 끝에는 너의 아이가 함께 서 있을 게다."

"아빠와 너의 아이가 서로 교대하는 거란다."

"아빠의 아빠가 너와 교대한 것처럼."

"아들아, 네가 이 아빠의 긴 다리 끝에서 환한 얼굴로 서 있어 주기를 바란다."

"고맙구나."

(1) 2005년 가을, 아들과 함께 브루클린
다리를 건넜습니다. 그때는 이 말을 다
하지는 못했습니다. 그리고 2013년 가을,
다시 저 혼자 그 다리를 건넜습니다. 그때,
보이지 않는 아들에게 이 말을 온전히
건넸습니다. 제가 아들의 아이에게
그 옆자리를 넘겨줄 때까지 살고
싶었습니다. 저의 아버지는 저의 아들과
함께한 시간이 삼 년 남짓에 불과합니다.
저는 아들의 아이와 충분히 시간을 갖고
싶습니다. 아들의 아들이 될지, 아들의 딸이
될지, 아들의 아이들이 될지 참 궁금합니다.

깨끗한 ✒

볼리비아 안데스 산맥을 오른 적이 있습니다. 지인과 SUV를 타고 해발 사천오백여 미터 고지를 올랐습니다. 차가 들어갈 수 없는 곳에서는 한참을 걷기도 했습니다. 안데스 산맥은 거친 사람의 숨결 같았습니다.

사천오백여 미터 표지판을 발견하고 잠시 내려서 사진을 찍었습니다. 그런데 이를 어떡합니까? 잠시 내린 사이 차 문이 잠긴 겁니다. 안데스 산맥 위에는 바람이 세차게 불고 있었고, 우리는 얇은 옷을 입고 있었으며, 그야말로 비상 호출 서비스도 무용지물이었습니다.

이 이야기를 꺼내는 이유는 그 여행길에 우연히 만난 사람들 때문입니다.

우리가 만나는 사람들은 모두 케추아 말(남아메리카 토착민들의 언어)을 사용하는 남미 원주민뿐이었습니다. 그런데 그곳에서 동양인 얼굴을 발견했습니다. 안데스 산지에서 사는 일본 여성이었습니다.

그 여인은 오지에 화장실을 만드는 비영리 단체에서 일하고 있었습니다. 그 단체에서 파견되어 안데스 산지 곳곳에 화장실을 만들고 있었던 겁니다. 산지에 사는 사람들의 위생적인 배변 활동을 돕기 위해, 정작 자신은 깨끗한 화장실을 포기한 겁니다.

안데스 산지에 들어온 지 일 년이 넘었고, 남은 일 년을 채우는 중이었습니다.

그녀의 이야기를 통해 전 세계 곳곳에 깨끗한 화장실이 필요한 곳이 무척 많다는 것을 알게 됐습니다. 가장 기본적인 인권을 뜻하는 형용사가 '깨끗한'이라는 것도 알게 됐습니다. 그 기본적인 권리를 누군가 누리기 위해서는 또 다른 누군가의 엄청난 희생도 필요하다는 걸 알게 됐습니다.

11월 19일은 UN이 정한 세계 화장실의 날입니다.

저도 깜짝 놀랐습니다. 열악한 오지에 사는 사람들에게

깨끗한 화장실을 만들기 위해 기금 모금 행사를 하는 날이기도 합니다.

혹시 노상 배변의 경험이 있으십니까?

어쩔 수 없었다 해도 기분이 좋지 않으셨을 겁니다. 게다가 강, 개울, 들판, 풀숲이 오염된다면, 그 오염된 물을 먹는다면, 상상하기도 싫습니다. 그래서 이 세상 사람들은 모두 깨끗한 화장실이 필요합니다.

참, 그날 그 문이 잠긴 차 말입니다. 한참을 고민한 끝에 우리는 차 뒷문 옆 작은 유리를 깨뜨렸습니다. 어쩔 수 없었습니다. 차 문을 열고 유리 조각을 치우고, 찬바람을 맞으며 우리는 여행을 계속했습니다. 그날 저는 노상 방뇨를 두 번이나 했습니다. 죄송합니다.

꼿꼿한 ───── ✒

제 인생도 흔들렸습니다. 오십 년을 넘게 살았는데 흔
들리지 않았다면 거짓말이겠지요. 남보다 많이 흔들렸다
고 말할 수 없지만 남보다 덜 흔들렸다고도 말 못 합니다.
태어나 요람에 누운 그때부터 인생은 흔들림입니다.

열세 살, 어머니가 돌아가시던 그때, 흔들림의 기억이
남았습니다. 그때는 집에서 장례를 치렀습니다. 어머니가
누운 관이 팔 층 아파트에서 곤돌라에 실려 내려옵니다.
아무리 굵어도 고작 끈일 뿐인 가느다란 것에 매달린 무
거운 관은 유난히 흔들렸습니다.

마치 제 인생이 흔들리는 것 같았습니다. 외아들인 저
의 인생 시소 한쪽에 타고 계셨던 분이 가 버리셨거든요.

그 뒤로 줄곧 흔들렸습니다. 물론 그때는 저만 흔들리
는 줄 알았습니다. 아무리 봐도 다른 아이들은 꼿꼿했습
니다.

고교 시절, 간염으로 학교를 제대로 못 다녔고, 대학도

실패했습니다. 대학원도 여러 군데 떨어졌고, 회계사 시험도 몇 문제 차이로 떨어졌습니다. 직장도 계속 떨어졌고, 유학도 쉽지 않았습니다. 어렵게 간 유학 중에 홀로 계시던 아버지가 쓰러지시기도 했습니다.

그나마 인생에서 중심을 잡아 준 건 신앙이었고, 아내와 아들이었고, 지금의 직장이었습니다. 그러고 보면 숱하게 흔들렸어도 지금은 다 가진 것처럼 보인다는군요. 민망하게 말입니다. 부끄럽습니다만, 물론 지금도 크고 작은 바람에 쉽게 흔들립니다.

도종환 시인이 왜 꽃의 흔들림을 노래했는지 이제야 조금은 알겠습니다. 흔들리지 않는 꽃 없듯, 인생도 사랑도 일도 흔들리지 않을 수 없습니다. 지금 이 글은 오월, 맑은 하늘 아래서 선선한 바람 맞으며 쓰고 있습니다. 이 바람이 제게는 딱 좋지만, 꽃들은 꽤 버겁겠군요.

바람도 사람마다 다 다르게 느낄 겁니다. 몸을 가눌 수 없을 만큼 흔들린다 해도 뿌리가 든든하다면 그래도 버틸 만할 겁니다. 물론 제 앞으로의 인생도 꽤 흔들릴 겁니다. 그래도 어떡합니까? 그러려니 하고 뿌리를 믿으며 버텨 봐야죠. 우리가 아이들의 뿌리를 먼저 키워야 하는 이유이기도 합니다.

아버지는 어려서부터 저의 뿌리를 키우고 싶으셨던 모양입니다. 줄기를 세우고 싶으셨던 모양입니다. 늘 저에게 허리를 꼿꼿하게 펴고 앉으라고 하셨습니다. 어깨를 펴고 걸으라고 하셨습니다. 이제야 저는 꼿꼿해졌습니다. 그래도 제가 꼿꼿할 수 있는 이유는 충분히 흔들렸기 때문입니다.

나다운

처음 접하는 울퉁불퉁한 길 위에서 헤매는 것, 삶이 불현듯 낯설어지고 무모해지기도 하는 것, 그러다가 '모르는 나'를 발견하기도 하고 '아는 나'를 잃어버리기도 해서 저는 여행을 좋아합니다.

제게 여행은 학교입니다. 학교에서 배우지 못하는 많은 것들을 삶에서 배우는 것처럼, 일상에서 배우지 못하는 많은 것들을 여행에서 배웁니다. 여행은 평생 다니는 학교입니다. 공항은 여행 학교의 교문입니다. 공항에서 만난 사람들과 겪은 사건들은 그 학교의 지워지지 않을 인상을 결정합니다. 학교에서 배우지 못하는 것들을 배울 목적으로 가족과 함께 떠나고 머물렀던 수많은 여행에서 우리는 삶을 배웠습니다.

2002년 월드컵이 끝나고, 좋아하던 프로그램에서 갑자기 하차한 후, 울적한 마음을 달래러 혼자 그리스 배낭여행을 떠났습니다. 런던을 거쳐서 들어간 아테네 공항, 새벽 세 시 사십 분 도착. 공항은 한산했습니다. 같은 비행기에서 내린 승객들이 짐을 찾아간 지 한참이 지나도록 나의 배낭은 보이지 않았습니다. 사무실을 드나들며 물어봤지만 기다리라는 퉁명한 말 외에는 들은 말이 없었습니다. 배낭이 나오지 않을 경우에 대비해 작전을 세우기 시작할 무렵, 배낭이 보였습니다. 아니나 다를까, 배낭 속에 고이 모셔 놓은 돈 될 만한 것들은 이미 사라진 뒤였습니다. 애당초 들고 타려다 갑자기 마음을 바꾼 가방이었기에 미처 빼지 못한 것들의 예상치 못한 실종이 더 속상했습니다. 다시금 텅 빈 공항을 헤매다 경찰로 보이는 사람에게 사정을 하소연했습니다. 그의 답은 의외로 간단했습니다. This is Greece.

2005년, 캐나다 유학 중에 가족과 함께 쿠바를 찾았습니다. 역시 짐이 늦게 나왔고, 수상한 느낌은 들어맞았습니다. 가방 깊숙이 있던 안경과 카메라가 보이지 않았습니다. 공항 직원에게 말해 봤지만 소용없었습니다. 웃음 섞인 그의 답변이 들렸습니다. This is Cuba. 하지만 구겨진 쿠바의 첫인상은 일주일의 여행으로 충분히 펴졌습니다. 떠나는 날, 공항 출국 심사를 받으면서 쿠바 스탬프를 찍어 달라고 했습니다. 그녀는 웃으며 쿠바 스탬프가 있으면 미국에 들어가기 힘들 텐데 괜찮겠냐고 했습니다. 나는 괜찮다며 미국에 안 가면 그만이라고 했습니다. 그녀는 환한 웃음으로 선명한 도장을 찍으며 외쳤습니다. This is Cuba.

밴쿠버 유학 중에는 국경을 통해 미국을 자주 드나들었습니다. 시애틀 공항에 도착한 지인을 마중 나가던 길, 국경에서 무작위 수색 검사에 걸렸습니다. 아무런 예고 혹은 고지 없이 나의 차는 붉은색 경광등을 따라가야 했습니다. 그들은 아무 말 없이 나를 내리게 하고 실내에 대기하게 했습니다. 사십 분이 지나서야 차로 갈 수 있었고, 차에는 뒤진 흔적이 역력했습니다. 끝까지 그들은 아무 말이 없었습니다. 나는 그들에게 최소한의 설명과 적절한 표현을 요구했습니다. 그들은 한마디로 정리했습니다. This is United States.

2008년 캐나다 유학에서 돌아오는 길, 대서양을 건너두 달 동안 못 가 본 나라들을 둘러보았습니다. 한 달쯤 지나 지친 몸을 이끌고 들른 이집트. 여행사와 이집트 사람들에게 크고 작은 장난 같은 사기를 당한 터라 이집트를 벗어나는 길은 홀가분했습니다. 좁고 붐비는 카이로 공항 검색대에 세 식구의 여권을 내밀었습니다. 아내와 아들의 여권은 문제가 없는데, 나의 여권에 문제가 있다며 기다리라고 했습니다. 그들은 나의 여권을 다른 직원에게 넘기며 돌리기 시작했습니다. 나는 기다리라는 지시를 무시하고 불쌍한 나의 여권을 끈질기게 따라다녔습니다. 문제가 있다던 여권은 컴퓨터 조회 한번 없이 수건돌리기 하

듯 여기저기 넘겨지더니 이십여 분 만에 내 손으로 돌아
왔습니다. 나의 짧은 항의에 그들은 웃으며 답했습니다.
This is Egypt.

그들은 여기는 이런 나라니 그러려니 하라고 말합니다.
오랜 시간이 흐른 지금도 나는 그들의 나라를 그렇게 정
의하고 있습니다. 그 느낌 아니까 말입니다. 오늘도 많은
여행객이 인천공항을 거쳐 한국을 오고 가며 이렇게 말할
까 봐 겁나기도 합니다. 아니 공항 직원 중에 누군가 그렇
게 말했을까 봐 겁나기도 합니다. This is Korea.

이 문장은 여행자들의 가슴에 그 나라다운 기억으로
남아 있을 수도 있습니다. '나라다운'에서 한 글자만 빼면
'나다운' 것이 됩니다. 여행이 끝나면 나다운 것들도 같이
사라집니다. 수많은 우리들 중에 하나로 '나다운' 것은 걸
어 들어갑니다. 공항을 지나며 저는 무언가 놓치고 온 것

이 없나 걱정 속에서 다시 주변을 둘러봅니다.

하지만 제가 진짜로 걱정하는 것이 무언지 아십니까?
제가 떠난 뒤에 듣는 바로 이런 말입니다.

"저 사람 TV에 나오는 사람이잖아."

냄새나는

2014년 여름 〈리얼 체험, 세상을 품다〉를 통해서 인도 라다크 히말라야 체험을 했습니다.

산악자전거를 타고 세계에서 두 번째로 높은 도로인 오천삼백이십팔 미터 타그랑 라Taglang La에 올랐지요.

낮에는 삼십 도, 밤에는 영하의 날씨에 열흘 동안 텐트에서 산천을 화장실 삼아 보냈습니다. 어지럽고 메스껍고 복통과 두통을 달고 사는 고산 증세를 끌어안았습니다. 체력의 한계를 인식하는 도전이 그 당시 쉰 살을 바라보던 삶에 신선한 활력소가 되었습니다.

라다크 유목민들과도 사나흘 함께 살았습니다. 두 달마다 삶의 터전을 옮기는 그들은 야크 털로 만든 천막에서 삼대, 일곱 식구가 함께 삽니다. 이른 새벽부터 양과 야크 젖을 짜고, 치즈를 만들고, 양털로 옷을 만듭니다.

부모 세대는 일처다부제로 형제에게 한 명의 아내가 있

습니다. 며느리는 네 살, 한 살 두 아이를 키웁니다. 스물여덟 살 아들은 사백 마리의 양 떼를 이끌고 이른 아침 육 킬로미터를 걸어 쉴 만한 물가, 푸른 풀밭을 찾아가 풀을 먹인 뒤 해 질 녘에 돌아왔습니다.

양몰이 개 한 마리와 먼 여정을 다녀오기란 보통 일이 아닙니다. 그들은 양 사백 마리의 이름을 일일이 지어 주고, 다 외우고 있습니다. 누가 젖을 짜는 날인지, 어디가 아픈지 잘 살피고 있습니다.

혹시나 각기 제 길로 가는 양에게는 돌멩이를 그 앞에 떨어뜨려 무리로 돌아오게 만듭니다. 한 마리를 잃어버리기라도 하면 양몰이 개에 나머지 양을 맡기고 찾아 나선답니다. 참, 보통 믿음이 아닙니다. 물론 그 전에 보통 사랑이 아니지요.

어느 밤에는 양의 뿔을 등산용 칼로 잘라 주는 모습을 봤습니다. 그 뿔을 그냥 놔두면 양의 눈을 찌르게 된다는

(2) 자세한 이야기는 또 다른 책 『라다크, 일
처럼 여행처럼』에 담겨 있습니다.

겁니다. 등산용 칼은 꽤 오래된 듯 무척 무뎠습니다. 결국
작업은 사십 분이 걸렸습니다. 다른 목자들이 양을 잡았
는데도 발버둥 치는 양의 눈에 눈물이 흘렀습니다. 물론
목자의 눈에도 굵은 눈물방울이 맺혀 떨어졌습니다. 그래
도 좋은 목자 만난 복 받은 양들이 참 부러웠습니다. 좋은
목자는 양들에게는 큰 복입니다.(2)

좋은 목자가 참 그립습니다. 그런데 말입니다. 이제 좋
은 목자를 기다리는 것을 그만두려고 합니다. 그냥 제가
먼저 좋은 목자가 되어 보기로 했습니다. 가족들, 친구들,
함께 일하는 사람들, 그들에게 제가 지도자는 아니지만
좋은 목자는 될 수 있습니다.

라다크 목동과 헤어지던 아침에 그와 포옹을 했습니다.
그에게서 양 냄새가 났습니다. 저 하나만이라도 사람 냄
새 나는 목자가 되기로 다짐해 봅니다.

냉장고 같은

어느 인터뷰에서 제게 서재라는 공간이 어떤 의미냐고 물어보더군요. 이렇게 답했습니다.

글쎄요. 저에게 서재라는 공간은 좀 거창합니다. 그냥 '책꽂이'라는 말로 표현하고 싶은데요. 방마다 책꽂이가 있어요. 책을 굳이 책장에 쌓아 두지는 않습니다. 필요한 곳에 보내기도 하고, 선물도 하고, 꼭 집에 다 두지는 않습니다. 저에게 책꽂이란 '냉장고'입니다. 냉장고요.

책은 저의 일터에 식재료를 제공합니다. 요리사에게 식재료가 중요한 것처럼 지식과 지혜와 마음을 요리하는 MC에게 책은 절대적입니다.

방송에서 제가 말하는 언어의 소재는 책에서 나옵니다. 책에서 보고 들은 이야기에 제 경험을 더한 것이 저의 말하기입니다.

책은 제 마음에 든든한 양식을 제공합니다. 세상이 우리를 힘들게 할 때, 마음은 허기를 느낍니다. 책은 허기진 여행자의 양식입니다.

가고 싶은 곳, 만나고 싶은 사람, 하고 싶은 이야기로 저를 안내합니다. 책이 채워 준 제 마음은 누군가를 위로하는 또 다른 저의 말하기입니다.

책은 제 머리를 차갑게 유지해 줍니다. 뜨거운 가슴을 따라 머리가 미지근해질 때마다 책은 차가운 머리로 세상을 냉철하게 바라보게 합니다.

사람이 만든 뜨거운 가슴과 책이 만든 차가운 머리의 균형이 필요합니다. 바로 제 인생 시소 양 끝에 앉아 있는 것들입니다.

저는 오늘도 출출한 배를 문지르며 책 냉장고 문을 열어 봅니다.

느른한

'느른하다.'

맥이 풀리거나 고단하여 몹시 기운이 없는 상태를 말합니다.

노동이라는 단어와 잘 어울리는 형용사입니다. 고단하다고 하면 더 힘들게 느껴지고, 느른하다고 하면 그래도 좀 목가적인 느낌이 나서 저는 좋아합니다.

사실 공사장에서 퀴퀴한 땀을 흥건히 흘린다든지, 논밭에 쪼그리고 앉아 땡볕 아래서 김을 매거나 종일 허리 구부려 고추 정도는 따 줘야 노동입니다. 한밤중에 바다에 나가 밤새 새우 정도는 잡아 줘야 노동입니다. 서류 빼곡한 책상 위 컴퓨터 앞에서 우두커니 모니터 바라보며 키보드를 두드린다고 해서 땀이 나지는 않습니다. 그때는 '노동'보다는 그저 '일' 정도의 표현이 훨씬 더 어울립니다.

하지만 노동 앞에 단어를 육체에서 감정으로 바꾸면 조금 달라집니다. 요즘은 감정 노동에 시달리는 사람이 많습니다. 114 안내원이나 전화로 물건을 파는 사람들, 승무원, 방송인, 판매원 등은 고객이 지출한 비용의 대가로 서비스와 웃음을 제공합니다.

저도 이십여 년 전, 아버지 장례식 다음 날에 노래자랑 프로그램을 진행하며 웃음을 지어야 했습니다. 그 웃음은 서비스 제공자의 기분보다는, 오로지 고객을 만족시키기 위한 도구입니다. 감정 노동의 가장 큰 맹점은 고객 기분이 안 좋을 경우 화풀이 대상은 늘 서비스 제공자라는 사실입니다.

고향 마을 어르신들이라고 해서 감정 노동에서 자유로운 건 아닙니다. 그분들이 행복하게 일해야 작물도 열매도 실한 것들이 나옵니다. 작물과 가축은 최우선 고객입니다. 하우스에 음악을 틀어 놓는 것은 기본이고, 스위스의 전통악기 알펜호른을 배워 소들에게 들려주기도 한답니다. 고객의 기분을 맞춰서 양질의 열매가 나와야 다음 고객인 소비자를 만족시킬 수 있으니까요.

요즘은 포장에 사진도 붙이고, 인터넷으로 직접 소통하며, 직거래에다가 체험 마을도 하는 터라 소비자를 만족시키는 감정 노동도 필수가 됐습니다. 게다가 동물의 권리며 식물의 권리를 생각하는 시대가 됐으니 그 중요함은 한층 커졌습니다.

어떤 사회학자는 인간의 노동이 고체 노동에서 액체 노동으로 바뀌었다고 말합니다. 산업화 시대에는 일터와 가정이 분리되어 있어서 직장에서는 일하고, 집에서는 쉼이 가능했습니다. 노동은 고체 형태로 딱 잘라서 일터에 두고 올 수 있었으니까요.

하지만 현대사회는 노동이 액체가 되어서 집까지 따라옵니다. 늦은 밤, 집에서도 노동의 잔상을 떨쳐 버릴 수 없습니다. 그러고 보면 농촌이나 어촌 고향 마을은 예나 지금이나 액체 노동이었습니다. 밭에서나 집에서나 쉼 없이 일거리가 옆에 있었습니다. 스물네 시간 내내 '일'이라는 바다에서 헤엄치는 겁니다.

어린 시절, 프랑스 화가 장 프랑수아 밀레가 그린 〈이삭 줍기〉나 〈만종〉을 보면서 농촌은 정말 행복한 곳인 줄 알았습니다. 저렇게 평온한 곳에서 살고 싶다는 생각도 했습니다. 실제로 밀레는 프랑스 북부 노르망디 출신입니다. 파리를 오가며 성공 기회를 찾다가 파리 근교 바르비종에 정착했답니다.

이 지역 화가들은 풍경화를 많이 그렸습니다. 그 경향을 따라간 밀레도 보이는 풍경에 농민들의 모습을 담으려고 했습니다. 밀레는 목가적이고 평온한 시골 풍경을 담았지만, 화단에서는 실제 농민들의 삶을 지나치게 미화했다는 비판도 받았답니다.

아닌 게 아니라, 〈이삭 줍기〉에서는 노동의 느른함보다
는 우아한 고요가 느껴집니다. 추수 끝난 벌판에는 환한
빛이 드리우고, 농민들의 표정에는 평온함이 깃듭니다.
이삭 줍는 여성들은 이삭으로 생계를 연명하는 극빈층이
었습니다. 하지만 이 평화로운 그림에는 비참한 현실이
없습니다.

〈만종〉에서도 종소리가 들리자 일을 멈추고 기도하는
두 사람의 모습은 무척 평온합니다. 종일 감자를 캐느라
힘들었을 텐데 말입니다. 어쩌면 밀레는 농촌을 아름답게
포장하고 싶었다기보다는 힘들게 일하는 사람들에게 평
온이 깃들기 바라는 간절한 마음이었는지도 모르겠습니
다.

농산물, 수산물, 축산물, 임산물 어느 것 하나 쉽게 만들
어지는 건 없습니다. 그 안에는 허리를 구부리거나 쪼그
리고 앉아 흘린 그들의 땀이 깃들어 있습니다. 뱃멀미에

시달리며 파도와 싸운 그들의 가쁜 숨도 들어 있습니다. 온종일 산길을 헤매는 고단한 발품도 빼놓을 수 없습니다. 그래도 그들의 먹고사는 걱정에 대한 한숨은 그치지 않습니다.

어쩌면 느른함은 일상의 부수적인 감정이 아니라 필수적인, 평생 끌어안고 살아가야 하는 감정인지도 모르겠습니다. 그래서 오늘도 참고 견디며, 일상의 서랍 속에 깊이 묻어 둬야 하는 감정인지도 모릅니다.

늘 같은 ——————— ✒

그늘 같은 사람이 되겠습니다. 삶에 지친 당신이 쉬어
가는 그늘이 되겠습니다. 경쟁의 태양이 내리쬐는 빛을
가린 그늘이 되겠습니다.

마늘 같은 사람이 되겠습니다. 당신을 위한 요리에 빼
놓을 수 없는 마늘이 되겠습니다. 당신의 몸에 나쁜 것을
덜어내고 좋은 것을 더하는 마늘이 되겠습니다.

바늘 같은 사람이 되겠습니다. 경쟁에 체한 당신의 손
을 따내는 바늘이 되겠습니다. 사랑의 실로 해진 인생의
옷을 꿰매는 바늘이 되겠습니다.

오늘 같은 사람이 되겠습니다. 당신의 삶에 찬란한 오
늘이 되겠습니다. 당신의 어제를 바탕으로 내일을 준비하
는 오늘이 되겠습니다.

하늘 같은 사람이 되겠습니다. 당신을 하염없이 받아 주는 하늘이 되겠습니다. 당신이 어딜 가든 따라가며 지켜 주는 하늘이 되겠습니다.

늘 같은 사람이 되겠습니다. 당신을 처음 만난 날부터, 날 좋아하던 그 이유와 늘 같은 사람이 되겠습니다. 그냥 늘 '한결'같이 당신 곁에 남아 있겠습니다.

홍재목의 노래처럼 '그늘 같은 늘 같은' 그런 사람이 되겠습니다. 심야의 어둠 속에서 그의 노래를 들으며 잠이 듭니다.

다른 ✒

저는 다음 주 월요일까지 내야 하는 숙제가 있으면 화요일쯤 시작해서 목요일쯤 마무리하고 금요일에 끝을 봅니다.

아이는 다음 월요일까지 내야 하는 숙제를 일요일 밤열한 시에 시작합니다. 아무리 어려서부터 숙제를 미리하면 주말이 편하다고 얘기해도 소용이 없습니다. 아이는 숙제를 미리 안 해도 주말이 편하답니다.

저는 화장실 휴지를 위로 풀리도록 걸어 놓습니다.

아내는 휴지를 아래로 풀리도록 걸어 놓을 때가 많습니다. 아무리 위로 풀리는 것이 자연스럽다고 말해도 소용이 없습니다. 아내는 이렇든 저렇든 아무 상관이 없다고 말합니다.

제가 젊었을 때는 아내에게도 아이에게도 잔소리를 많이 했었습니다. 그런데 언젠가부터 그 차이가 상관이 없어졌습니다. 아들아이가 숙제를 안 해 가는 것도 아니고, 휴지가 아래로 풀린다고 낭비되는 것도 아니니 말입니다.

우린 이렇게 다릅니다. 여기서 다 말할 수 없을 만큼 다릅니다. 독일의 한 여성 철학자가 말했습니다. 차이가 세계를 만든다고요. 서로 달라서 느끼는 그 차이로 인해 내 세상과 아내의 세상과 아들의 세상 사이에 공백이 생겼습니다. 그리고 그 공백이 우리가 사는 집입니다. 그 차이가 서로 대화하게 하고, 또 이해하게 합니다.

다행히 닮은 점도 많습니다. 누군가 휴대전화를 못 찾으면 아무 말 없이 셋이 힘을 합쳐 찾아냅니다. 밥을 먹다가 누군가 컵을 깨뜨리면 아무 말 없이 셋이 일어나 각자 역할을 나눠 깨진 컵을 치워냅니다.

세 동그라미가 겹치는 교집합 공간도 충분히 아름답지

만 다행히 겹치지 않은 부분이 많이 있어서 우리는 식구
로 살아갑니다. 우리가 식구라는 사실이 인생에서 얼마나
큰 위로가 되는지 모릅니다.

당황스러운

여러 해 전 〈6시 내 고향〉을 진행할 때였습니다. 마지막으로 신종 버섯 신백화고에 대한 소식을 보고, 간단한 느낌과 클로징 멘트만을 남겨 둔 순간이었습니다. 말을 시작하자마자 순간, 앉아 있던 의자가 덜컹하는 것을 느꼈습니다. 내심 불안했지만 별일 없겠거니 생각하며 하려던 말을 이어 갔습니다.

그런데 이게 어찌 된 일입니까? 제가 앉아 있는 유압식 의자가 서서히 내려가고 있는 겁니다. 아주 서서히 겨우 느낄 수 있는 정도라, 그래도 클로징 멘트를 마칠 때까진 별일 없을 줄 알았습니다. 여성 진행자에게 차례를 넘기고 얼른 마무리하길 애타게 기다렸습니다. 제 바람도 무색하게 의자는 계속 내려갔고, 제 눈높이는 어느덧 여성 MC 어깨까지 내려갔습니다.

그래도 저는 모른 척 그냥 얼른 끝내려고 했습니다. 바로 그때, 말을 마친 여성 진행자가 "근데 왜 그렇게 내려가 계시죠?"라고 말을 꺼냈고, 순간 웃음 폭탄이 터졌습니다. 저는 당황스러운 순간을 모면하고자 "그러게요. 제가 몸이 무거워진 모양이네요."라고 말하며 슬쩍 의자를 올리려 했으나, 안타깝게도 일차 시도는 실패했습니다.

스튜디오에 있는 두 명의 리포터와 카메라 감독, FD 등 스태프들은 이미 자지러졌고, 부조정실에 있는 PD와 기술 스태프들도 웃음을 참지 못하는 상황이었습니다. 수습은 오로지 제 몫이었습니다. 터진 웃음을 애써 참으면서 화면을 리포터 쪽으로 넘겨 달라는 의도로 버섯 이름이 기억나지 않는다고 리포터에게 물었습니다. 물론 신백화고라는 이름은 알고 있었습니다. 옆에 있던 리포터가 친절하게 웃음을 참으며 답했지만 PD가 웃느라 커트를 못 넘겼습니다. 두 번째 시도도 실패입니다.

틈을 봐서 의자를 올리려는 시도는 포기하고 얼른 끝내 자는 뜻으로 "오늘 얼른 마무리를 해야겠네요." 하며 여성 진행자를 재촉했습니다. 그런데 이게 웬일입니까? 여성 MC가 정색을 하고 구제역 파동에 관한 예정된 클로징을 감행하는 것이었습니다. 저는 웃음이 터져 참을 수 없는 지경에 다다라 허벅지를 꼬집고 있었습니다.

두 시간 같은 이십 초가 지나고 '김재원 아나운서 의자 잘 손 봐서 내일 찾아뵙겠다'는 그녀의 마지막 말이 끝나 허벅지를 꼬집은 채 인사하곤 우리는 모두 쓰러졌습니다. 스튜디오는 물론 조정실 모든 스태프들까지 웃음 폭탄을 터뜨렸고, 여성 진행자의 엄숙한 클로징 멘트로 엄청난 사고를 선방했다며 자축했습니다.

저는 그걸로 끝나는 줄 알았습니다. 웃음을 씻어내고, 옷을 갈아입고, 분장을 지우고, 여느 때와 다름없이 퇴근 준비를 했습니다. 그 일은 단지 한낱 가벼운, 즐거운 해프

닝이라고 생각했습니다.

그런데 꺼 둔 휴대전화를 켜 보니 그때부터 생방송을 본 지인들이 보낸 문자가 들어오기 시작했습니다. 그야말로 한결같이 우스워 죽을 뻔했다는, 괜찮으냐는 문자였습니다. 분위기가 심상치 않았습니다. 소식을 들은 교양국 간부들과 아나운서 동료들의 문자도 이어졌습니다. 한 시간쯤 지나자 영상 링크 연결 문자가 도착했습니다.

링크를 연결해 보니 제 방송사고 영상이 나왔습니다. 제가 봐도 우스운 영상이었습니다. 방송사고 영상은 순식간에 많은 사람들에게 퍼져 나갔습니다. 뒤늦게 소문으로 영상을 본 지인들의 연락이 이어졌습니다. 그날 밤, 식구들과 참 별일도 다 있단 이야기를 나누고 잠자리에 들었습니다.

다음 날 아침, 영상 조회 수는 백만을 넘었고 다 읽을 수도 없는 문자가 쇄도했습니다. 십수 년 만에 연락하는 친구부터 해외에 있는 지인들도 어떻게 봤는지 연락이 왔습니다. 회사에서는 만나는 사람마다 잘 봤다는 인사를 해 왔습니다. 심지어 보도국 시사 프로그램까지 금주의 영상으로 뽑혔습니다. 결국 이틀 새 조회 수는 280만을 넘겼습니다. 댓글도 온통 'ㅋㅋㅋㅋㅋㅋ' 일색이었습니다. 외국인이 쓴 댓글도 꽤 많았습니다. 작은 실수로 인한 소동은 바다 건너까지 2박 3일 이어졌습니다.

실은 지금까지도 계속되고 있습니다. 방송 사고를 추억하는 예능 프로그램에서 잊을 만하면 방송을 내보내고, 처음 인사하는 분들은 꼭 그 사고 이야기를 합니다.

그건 분명 방송 사고였습니다. 하지만 아무도 질책받지 않아도 되는 그런 유쾌한 사고였습니다. 물론 그 순간 저는 정말 당황스러웠습니다. 어쩔 줄 몰랐습니다. 생방송이고 뒤이어 정시에 시작해야 하는 일곱 시 뉴스가 있어서 정확한 시각에 끝내야 하는 상황이었습니다. 정말 어떻게 해야 할지 식은땀이 다 흘렀습니다.

그 당황스러운 순간을 김솔희 아나운서 덕분에 모면했습니다. 터진 웃음을 참으며 클로징 멘트까지 완벽하게 소화해 줘서 무사히 시간 안에 마쳤습니다. 김솔희 아나운서의 프로 정신을 이야기하는 사람도 많았습니다. 덕분에 그 구십 초 영상은 오히려 완성도와 재미를 더했습니다.

누구나 당황스러운 순간을 마주합니다. 설령 그렇다 해도 이렇게 유쾌하게 웃으며 이야기할 수 있는, 또 누군가 함께 모면해 줄 수 있는 그런 상황이길 바랍니다. 참, 의자는 유압식이다 보니 시간이 지나면 공기가 빠져서 그런 일이 있을 수 있답니다. 제가 또 몸무게가 좀 나가거든요. 그다음 날 바로 공기를 넣었습니다.

한 번이니까 웃으며 넘기지 두 번 실수는 안 된다는 심정으로 저는 지금도 의자의 유압 상태를 꼭 챙깁니다. 그리고 다음 무대 개편에서 바로 그 의자를 바꿨습니다. 그리고 무대 팀에게 말했습니다. "저는 이제 소파 외에는 앉지 않겠습니다. 이제 당황스러운 순간은 사절입니다." 특히 생방송에서는 절대 안 됩니다.

더 나은 ──────── ✏

캐나다 밴쿠버에서 살던 집 근처에는 꽤 넓은 국립공원
이 있었습니다. 서너 시간을 걸어도 새로운 길이 나올 만
큼 넓은 공원이었습니다. 저는 자주 산책을 다녔지만 아
직도 가끔 갈림길마다 멈칫하게 됩니다. 그 이유를 그곳
에 산 지 삼 년 가까이 되니 조금 알겠다 싶었습니다.

어느 날 오후, 산책 중에 길을 잃은 적이 있습니다. 갈림
길에서 두어 번 생소한 길을 선택했다가 돌아가는 길을
찾지 못했습니다. 해 질 때까지 꽤 오랜 시간을 헤맸습니
다. 휴대전화도 없이 살던 터라 불안과 함께 갈림길 선택
에 대한 후회가 밀려왔습니다.

내가 이 길을 선택하지 않았더라면 지금쯤 집에 도착했
을 텐데. 불필요한 후회였습니다. 나는 이미 선택을 했고,
미로에 접어들었으니까요. 내가 가지 않은 길을 선택했을
때의 결과는 모릅니다. 심지어 더 나쁜 결과가 기다릴 수
도 있습니다. 그래도 후회는 밀려옵니다.

인생에서도 우리는 가지 않은 길에 대한 미련이 있습니다. 즉 나의 지금 인생이 썩 마음에 들지 않는다는 뜻입니다. 성공과 행복은 타고난 능력과 학창 시절 부모와 선생님의 요구에 대한 순종, 넘치는 열정, 최선이라는 노력을 조합하는 함수에, 하늘의 선택이라는 결정적인 한 방이 필요합니다.

그릇된 열정과 모자란 노력 때문이 아니라 잘못된 선택 때문에 지금 이 자리에 있다고 생각하면 가지 않은 길에 대한 미련은 커집니다. 하지만 가지 않은 길의 결과가 지금보다 행복하다고 누가 장담하겠습니까? 가지 않은 길은 가지 않았기 때문에 모릅니다. 미지의 세계이기 때문에 최고의 결과가 나왔을 것이라는 환상이 있을 뿐입니다. 오히려 더 나쁜 결과가 나왔을 수도 있고, 제법 괜찮은 결과가 나와도 그 상황에서 가지 않은 길, 내가 지금 가고 있는 이 길을 더 부러워했을 수도 있습니다.

고3 때, 학력고사에 실패한 이후 등 떠밀려 원하지 않는 학교에 가기보다 재수를 했으면 어땠을까? 유학 중 아버지가 쓰러지신 후 귀국해 아나운서 시험을 보기보다, 다시 미국으로 돌아가 공부를 마쳤다면 어땠을까? 입사 십 년이 지나 휴직을 하고 밴쿠버에서 삼 년을 살기보다 계속 회사에 다녔다면 어땠을까?

물론 나의 선택이 아닌 내 의지와 상관없이 주어진 상황을 더 아쉬워하기도 합니다. 열세 살 때 어머니가 돌아가시지 않았다면 더 잘 자랄 수 있었을까? 스물여덟 살에 아버지가 쓰러지지 않았다면 다른 직업을 택했을까? 아버지가 서른셋에 돌아가시지 않았다면 더 행복했을까?

성향에 따라서 가지 않은 길에 대해 전혀 생각조차 않는 사람들도 있습니다. 그때로 돌아갈 수 없다면 후회와 상상은 쓸데없는 소모전이라는 의미겠죠. 하지만 유독 가지 않은 길에 대한 환상과 미련이 강한 사람들이 있습니다. 그렇지 않으면 지금의 불만족에 대한 원인이 자신의 무능력으로 돌아오기 때문입니다. 내 능력은 가지 않은 길에서 더 가치를 발휘을 것이라고 스스로 위로하는 것입니다.

인생에서 그냥 버려지는 선택은 없습니다. 실수처럼, 실패처럼 보여도 분명 다음 선택의 초석이 됐을 겁니다. 지금은 후회할 때가 아닙니다. 남은 인생에는 숱한 선택이 기다리고 있습니다. 선택은 불확실성을 담보로 한 숙제입니다. 언제나 완벽한 선택은 없으니까요. 심기일전해서 다음 선택을 준비할 뿐입니다.

어차피 만족은 결과가 결정하는 것이 아니라 마음이 정하는 것입니다. 가지 않은 길은 결코 더 나은 길이 아닙니다.

로버트 프로스트의 시도 그렇고, 진주의 노래에도 이런 제목이 있습니다.

'가지 않은 길.'

뒤늦게 ✒

똑똑, 누군가 문을 두드려 나가 봤습니다.

"누구세요?"

"저는 고난이라고 합니다. 댁에 잠시 머물 수 있을까요?"

"고난 씨요? 저희 집은 괜찮습니다."

"저, 함께 온 친구가 있습니다. 보시면 마음이 달라지실 텐데요."

"저희는 정말 괜찮습니다. 집에 머무실 만한 곳이 없네요."

"네, 알겠습니다. 감사합니다."

다음 날, 같은 시간에 또 누가 문을 두드립니다.

"누구시죠?"

"저는 축복이라고 합니다. 하룻밤만 재워 주시겠습

니까?"

"축복 씨요? 아이고, 어서 들어오세요. 당연하죠."

"감사합니다. 폐를 끼치겠네요."

"별말씀을요. 식사는 하셨습니까?"

"아직요. 하지만 괜찮습니다."

"있는 반찬이라도 괜찮으시다면….""

나는 식사를 정성껏 대접하고 안방을 내주고 이부자리도 갈아 주었습니다.

다음 날 아침, 벌써 집안 분위기가 환해진 느낌이었습니다. 얼른 아침 식사를 차렸습니다.

"저, 부탁이 있습니다. 며칠 더 머물렀으면 하는데요."

"그럼요. 당연히 그러셔야죠."

"실은 친구가 같이 다닙니다. 저는 그 친구 없이는 더 머물 수 없습니다."

"그러십시오. 축복 씨 친구는 언제나 환영합니다."

곧바로 문 두드리는 소리가 들리고 그의 친구가 큰 소리로 인사하며 들어왔습니다. 익숙한 목소리였습니다.

"안녕하세요. 그저께 찾아왔던 고난이라고 합니다. 그날 말씀드린 친구가 이 친구, 축복입니다. 너무 염려 마십시오. 저희는 금세 떠납니다."

축복은 고난과 함께 찾아온다는 사실, 때로는 고난이 축복도 데려온다는 희소식, 그리고 그들은 둘 다 그리 오래 머물지 않는다는 진실을 남겨 두고 며칠 뒤 떠났습니다.

그들이 머무는 동안 집안은 복작였지만 그들이 떠난 뒤 한동안 우리 집에는 아무 일도 일어나지 않았습니다. 축복 씨가 남기고 간 선물임을 깨달은 건 한참 후였습니다.

라디오 같은

우리는 세상을 텔레비전 같은 마음으로 보며 살고 있습니다. 저는 세상을 라디오 같은 마음으로 들으며 살고 싶습니다.

보는 것보다 듣는 것이 진심을 알기에 수월합니다. 보는 것보다 듣는 것이 상대방을 위로하기에 적합합니다.

인생의 정체성은 청중聽衆입니다.

'강연이나 설교, 음악 등을 듣는 무리'를 청중이라고 하면 우리는 세상을 주로 청중으로 살아갑니다.

인생은 들을 청聽의 연속입니다. 들을 청 자字는 많은 의미를 담고 있습니다. 귀가 왕이니, 열 개의 눈과 하나의 마음으로 들으라는 뜻입니다.

결국 인생의 숙제는 경청입니다. 단순히 듣기를 뛰어넘는 단어입니다. 한때 유행처럼 번지던 경청, 사전에서는 세 가지 뜻으로 말하고 있습니다. 우리가 일상에서 실천하는 경청도 세 가지입니다.

첫째는 傾聽입니다.

"남의 말을 귀 기울여 주의 깊게 들음."

타인의 말을 귀 기울여 주의 깊게 듣는다는 것은 쉽지 않은 일입니다. 기울일 경傾 자에 주목하십시오. 그냥 듣는 것이 아니라 몸을 기울여서 들으셔야 합니다.

둘째는 敬聽입니다.

"남의 말을 공경하는 태도로 들음."

타인의 말을 공경하는 태도로 듣는다는 것도 쉽지 않은 일입니다. 공경하는 태도는 눈에 보여야 합니다. 눈 맞춤, 표정, 몸의 방향, 고개 끄덕임, 말 추임새 등 다양한 방법으로 공경하는 태도를 보이십시오.

하지만 일상에서 우리가 가장 많이 하는 경청은 세 번째 경청입니다.

셋째는 鏡聽입니다.

"남을 헐뜯는 말을 그대로 믿음."

우리가 가장 많이 하는 경청이라는 말에 동의하십니까? 남을 헐뜯는 말을 그대로 믿는 것은 참 쉬운 일입니다. 쉬운 만큼 부작용이 생기는 것도 참 쉽습니다. 거울 경鏡 자에 주목하십시오. 남을 헐뜯는 말을 그대로 믿는 당신은 바로 험담하는 사람의 거울입니다.

누군가 일인분의 말하기를 했다면 일인분의 듣기가 필요합니다. 몸을 기울여 공경하는 태도로 타인의 말을 들어 보십시오.

II장 — 말본새

● ㅁ

마른

먼

명료한

● ㅂ

민망한

밝은 혹은 어두운

버거운

복잡한

부끄러운

분주한

비참한

뼈아픈

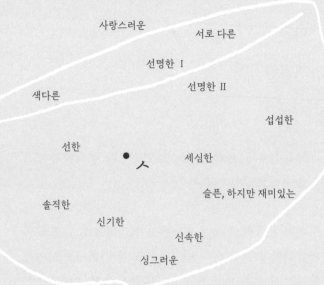

사랑스러운
서로 다른
선명한 Ⅰ
선명한 Ⅱ
색다른
섭섭한
선한 ● ㅅ 세심한
슬픈, 하지만 재미있는
솔직한
신기한
신속한
싱그러운

위로는 진심이 반,
말본새가 반입니다.
아무리 애틋한 마음을 담는다 해도,
태도와 형식이 온전한 그릇이 되어 주지 못하면
그 마음들은 쏟아집니다.
진심을 담은 말본새는
연습과 훈련이 필요합니다.
마치 외국인 친구에게 알기 쉬운 말로 표현하듯,
위로는 조심스럽게, 신중하게 건네야 합니다.
따뜻한 말본새는
위로가 담긴 그릇입니다.

마른 ⸺ ✐

목욕탕에서 그리움을 불러들였습니다. 탕 속에서 뜨거움을 누리고 있었습니다.

마른 몸매의 중년 남자가 손을 집어넣어 물 온도를 확인합니다. 그러곤 사라집니다. 잠시 후 아버지로 보이는 어르신 한 분을 모셔 왔습니다. 얼굴은 똑같이 닮았고 몸은 훨씬 더 말랐습니다. 말 그대로 바짝 마른 분이었습니다. 팔순이 넘으신 듯 뼈의 윤곽은 그대로 드러나고 얇은 살집이 붙어 있을 뿐인 몸이었습니다.

이십여 년 전 세상을 떠나신 아버지의 모습이 떠올랐습니다. 어린 시절, 목욕탕에서 본 아버지의 몸은 건장했습니다. 매일 아침, 아령으로 단련한 몸이 참 멋있었습니다. 그 아버지가 중풍 환자가 되고 침상에 누우신 지 여섯 해. 세상 떠나기 직전, 아버지 몸은 지금 보는 어르신과 같았습니다. 근육은 마르고 살갗은 주름지고 뼈마저 줄어드는 느낌을 매주 아버지의 몸을 닦아 드리면서 손으로 느꼈습니다.

    탕 속 그 어르신 옆에 앉은 아들은 한순간도 눈을 떼지 않습니다. 물가에 내놓은 아이 바라보는 아비 심정인가요? 계속 보자니 그리움에 목메어 탕을 옮겼습니다. 그 탕에서는 세신사의 손놀림이 보였습니다. 아버지가 내 몸을 밀어 주던 생각도 스쳤습니다. 그때 바로 침대에 누워 있던 육십 대 어르신이 비누칠을 한 채 일어섭니다. 아들을 부릅니다. 삼십 대로 보이는 아들이 탕에서 일어납니다.

    그 아들은 조금 달라 보입니다. 아마 성장 속도가 느린 모양입니다. 아이 같은 표정으로 침대에 눕습니다. 그 아들의 아버지는 바로 옆 샤워기에서 비누 묻은 몸을 씻으면서도 아들에게서 눈을 떼지 않습니다. 아마 아이가 어렸을 때는, 아니 어르신이 젊었을 때는 직접 씻겼을 겁니다. 지금도 손수 씻기고 싶으실 겁니다.

오늘 따라 부자지간이 많습니다. 어린 아들의 작은 몸을 씻기는 젊은 아빠도 있습니다. 그 아빠도 곧 나이가 들겠지요. 아까 탕에서 본 마른 몸매의 부자가 실랑이 중입니다. 환갑 지난 아들은 아버지의 몸을 씻겨 드리겠다고 하고, 팔순 지난 아버지는 혼자 할 수 있다고 합니다. 세신사 침대에서는 나이 든 아버지가 아들의 몸을 물끄러미 바라봅니다.

하늘 계신 아버지는 그 마른 몸 어찌 씻으실까요. 군에 있는 아들도 하늘에 계신 아버지도 유난히 그리운 날입니다. 그리고 유난히 고마운 날입니다. 내 몸도 곧 말라 가겠지요.

먼 ✎

그 길은 꽤 멀었습니다.

농협 앞에 내려서 묘지 입구까지 가는 길은 비포장도로
였습니다. 흙바닥에, 먼지 뿜는 트럭이 수시로 지나갔습
니다. 트럭이 지나갈 때마다 아버지와 저는 길 한쪽으로
물러섰습니다. 서너 번의 갈림길은 갈 때마다 혼돈과 갈
등을 안겨 주었습니다.

고작 봄, 가을마다 가는 길이었지만 택시를 탄 기억은
없습니다. 택시를 탈 수도 있다는 것을 안 건 제법 나이가
든 다음이었습니다. 아버지는 늘 십 미터 앞에서 성큼성
큼 걸어 나가셨고, 어린 난 잰걸음으로 그 뒤를 바쁘게 따
랐습니다.

아버지는 간격이 벌어지면 뒤를 돌아보며 숨을 돌리셨
고, 내가 닿을 듯 도착하면 이내 곧 다시 발걸음을 재촉하

셨습니다. 아버지와 단둘이서 엄마 산소를 찾는 어린 외아들의 발걸음은 그다지 경쾌할 이유가 없습니다.

엄마를 향한 그리움보다, 아버지와의 외출에 거는 기대감보다, 얼른 이 시간이 빨리 끝나 주기만을 바라는, 준비 덜 된 발표라도 앞둔 초등학생 심정이었습니다.

내 손에는 늘 농협 앞 꽃집에서 산, 흰 종이에 싼 작은 꽃다발이 들려 있었고, 아버지 가방에는 엄마 산소에 놓아 둘 배와 사과가 들어 있었습니다.

멀고 먼 그 길을 다시 걸어 보고 싶습니다.

명료한 ——————— ✏️

영화나 드라마의 재미를 판단하는 관건은 결말입니다. 결말이 얼마나 명료한가에 달려 있습니다. 명료한 결말의 조건은 문제를 시원하게 해결했거나, 예상 못 한 반전으로 판세를 뒤집었거나, 나쁜 사람이 벌 받고, 좋은 사람이 행복하게 사는 것 정도 아닐까요?

갈등 없는 영화나 드라마는 없습니다. 마찬가지로 갈등 없는 인생도 없습니다. 인생의 갈등 어떻게 처리하십니까? 물론 지금도 크고 작은 해결책을 갖고 있으시겠죠. 모두 명료한 해결을 바라고 삽니다만 가끔은 그냥 종결해 버릴 때가 많습니다.

'해결'을 사전에서는 이렇게 말합니다.
"제기된 문제를 해명하거나 얽힌 일을 잘 처리함."

'종결'은 또 사전이 이렇게 정의합니다.
"일을 끝냄."

가끔 장르 드라마에서 '수사 종결'이라는 말이 나옵니다. 명료한 해결 없이 그냥 덮을 때 쓰기도 하는 말입니다.

내 인생의 갈등도 범인을 제대로 잡지 못하거나 명확한 원인을 찾지 못할 때가 많습니다. 마음 같아서는 명쾌하게 해결해 버렸으면 좋겠지만, 아쉽게도 인생에는 그럴 수 없는 문제들이 더 많습니다.

혹시 그런 문제들에 사로잡혀서 인생의 소중한 시기를 낭비하고 있지는 않습니까?

그렇다면 그 갈등을 종결해 버리면 어떻겠습니까? 잠시 잊고 인생의 또 다른 측면을 바라보면서 살면 어떻겠습니까? 물론 '인생은 길다'라고 말하는 사람들의 말이 맞다면 그 갈등은 다시 불거질 겁니다. 수사 종결 이후에 다시 실마리가 잡히는 경우도 많습니다.

내 인생의 종결된 갈등들도 다시 해결의 가능성을 품을 때가 있습니다. 아마 그 갈등에는 시간이 필요했을 수도 있습니다. 시간의 항아리를 채우기 위해 잠시 종결하는 것도 삶의 지혜입니다.

음악에서는 '해결'을 이렇게 정의합니다.

"안어울림음을 어울림음으로 이끎. 또는 그런 일."

수년에 걸쳐 작곡하는 대곡들은 인생에 비유할 수 있습니다. 안어울림음을 어울림음으로 이끌기 위해서 시간이 필요합니다.

당신의 삶에 명료하지 않은 일들, 잠시 잊고 사십시오. 시간의 항아리를 채우면 그 일은 명료한 어울림음으로 당신의 인생을 노래할 것입니다.

'명료하다'라는 단어의 정의는 "뚜렷하고 분명하다"입니다.

솔직히 인생에서 뚜렷하고 분명한 일이 얼마나 있겠습니까?

민망한

저는 남 앞에 서는 것을 그다지 좋아하지 않습니다. 정확히 말해서 사람들에게 박수 받는 것을 좋아하지 않습니다. 쑥스럽고 민망하다는 뜻입니다. 텔레비전에 나오는 사람이 남 앞에 서서 박수 받는 것을 싫어하면 어떻게 하냐고 반문하시겠지만 저는 언젠가 소리 없는 박수를 받고 싶습니다.

진행자는 박수의 주인공이 아닙니다. 출연자가 주인공입니다. MC는 출연자의 이야기를 시청자에게 잘 전달해 시청자가 받은 감동을 출연자에게 박수로 보내도록 하는 들러리 역할을 맡은 사람입니다. MC는 장미꽃이 아니라 안개꽃입니다.

따라서 박수를 받게 되면 꼭 남의 박수를 훔치는 것 같아 민망할 때가 있습니다. 남 앞에 서는 것도 주인공이 아니라면 괜찮습니다. 들러리로 설 때는 하나도 떨리지 않습니다. 다른 사람을 인터뷰하거나 띄워 주거나 격려할 때는 아주 자신 있게 설 수 있습니다.

그래서 그동안 남 앞에서 주인공으로 서는 기회를 최대한 피해 왔습니다. 박사 학위를 받을 때도 졸업식에 가지 않았습니다. 수년 전 『마음 말하기 연습』이라는 책을 냈을 때도 저자 사인회 같은 것은 하지 않았습니다. 당시 인터뷰도 피할 만큼 피했지만 어쩔 수 없었습니다.

누가 상을 준다고 해도 가능하면 조심스레 고사하곤 합니다. 제가 받은 상은 고사하고 고사하다 민망해서 포기하거나 그조차도 할 수 없는 것들이었습니다. 어쩌다 상이라도 받게 되면 서둘러 소감을 말하고 내려옵니다. 심지어 결혼식도 어떻게 끝났는지 모르겠습니다.

제가 생각해도 좀 심하다 싶습니다. 심지어 생일에 축하 케이크 촛불 끄는 것도 부끄럽습니다. 어떻게든 못 하게 합니다. 해도 너무한다 싶을 때만 서둘러 해 주곤 합니다. 심지어 제가 주인공인 송별회도 싫고, 환영회는 더욱 싫습니다. 그냥 민망한 자리는 싫습니다.

그런 제가 꼭 손님들을 모시고 싶을 때가 있습니다. 바로 저의 장례식입니다. 언제가 될지는 모르겠지만 제 장례식에는 사람들이 와서 주어진 인생 경주를 무사히 마친 저를 축하해 주었으면 좋겠습니다. 삶의 궁극적인 목적이 중간에 경험하는 성공이 아니라 인생을 잘 살다가 세상을 떠나는 것이라면 그 자리는 축하받아도 되는 자리 아니겠습니까?

분명 음악이 흐르고, 소박한 꽃이 놓여 있고, 환하게 웃는 저의 사진이 여러분을 맞이하게 될 제 장례식에 여러분을 초대합니다. 물론 기왕이면 한참 후였으면 좋겠습니다. 아직 달려갈 길이 많이 남았으니 말입니다. 여러분 꼭 제 장례식에 오셔야 합니다.

그곳에서 '생각의 여름'의 노래 〈안녕〉을 틀어 드리겠습니다.

밝은 혹은 어두운

그림을 그린 마지막 기억은 고등학교 1학년 미술 시간입니다. 그 뒤로는 그림다운 그림을 그린 기억이 없습니다. 그림 그리는 아내를 만났을 뿐입니다. 유치원 시절 미술대회에 나가 특선을 한 이후로는 제가 그림을 잘 그린다고 생각해 본 적도 없습니다.

라디오 심야 생방송을 하면서 출근 시간이 늦어졌습니다. 갑자기 주어진 풍성한 시간을 그림으로 채우고 싶어졌습니다. 용기를 내서 홍대 앞 루이스 아틀리에 취미반에 등록하고, 도화지 앞에서 연필을 쥐었습니다.

선 긋기부터 힘을 뺀 채 대각선으로 도화지를 가로질렀습니다. 제법 근사해 보입니다. 흰 도화지는 회색빛을 담고 무언가 말하기 시작했습니다. "참 잘했어요." 무척 오랜만에 듣는 말입니다.

용기에 용기를 더해 숲길 공원을 걸어 연남동으로 출근합니다. 정육면체, 구, 구부러진 손가락…… 제법 그림이 그려졌습니다. 연필화, 목탄화, 색연필화, 펜화. 친절한 선생님의 가르침에 따라 그림을 채워 갔습니다.

그림을 그리며 깨달았습니다. 이 세상 모든 사물은 빛과 그림자로 채워져 있다는 사실을. 무심코 지나쳤던 모든 사물의 밝은 부분들. 보면서 못 본 척했던 모든 사물의 어두운 부분들. 그림을 그린 이후로 빛과 어두움이 눈에 그대로 들어왔습니다. 새로운 발견. 영화를 볼 때도, 나무를 바라볼 때도, 사람 얼굴을 볼 때도, 빛과 어두움의 조화가 영화를, 나무를, 얼굴을 만들었습니다.

오십 년 넘게 놓치고 살아온 빛과 어두움의 노래들. 그림은 빛과 어두움의 균형으로 형상을 찾아갔습니다. 어디 보이는 것뿐이겠습니까? 느끼는 일상조차도, 사건도, 성격도, 관계도 빛과 어두움이 만들어 갑니다. 빛이 보이는 것은 어두움이 있기 때문이고 어두움이 보이는 이유는 빛 덕분입니다.

　용기 있는 도전은 계속됐습니다. 파스텔화, 아크릴화, 수채화, 유화까지. 여행길에 수첩을 열고 그림을 그릴 수 있게 됐습니다. 아내와 이젤을 펴고, 캔버스를 올려 물감을 짤 수 있게 됐습니다. 내게 밝음과 어두움을 가르쳐 준, 그림이 참 고맙습니다.
　늦게 발견한 그림의 위로는 남은 생애에 빛과 어두움이 될 것입니다.

버거운 ✒

때로는 삶이 버거울 때가 있습니다.

이 여정의 끝이 언제인지 모른다고 생각하면 더 버겁기만 합니다. 해결되지 않는 문제들, 불투명한 미래, 불편한 사람들 모두 등 위에 짊어진 버거운 짐들입니다.

그럴 때마다 저는 여행하는 제 모습을 생각합니다. 낯선 곳을 헤매고 다니는 여행자의 배낭도 버겁긴 할 겁니다.

하지만 여행자이기에, 해결되지 않은 문제도 불투명한 내일도 불친절한 사람들도 그다지 버겁지 않습니다. 여행자이기 때문입니다.

잠자리가 누추한 것도, 먹는 것이 부실해도, 옷이 땀에 젖어도 여행자의 정체성으로 모든 것을 견뎌냅니다. 여행은 여행자의 선택으로 이루어진 여정이기 때문입니다. 다른 일을 찾고, 다른 이를 만나고, 다른 삶을 살아가십시오. 인생도 언젠가는 끝나는 긴 여행일 뿐입니다.

복잡한

저는 늘 책을 갖고 다닙니다.

사람들에게 그 모습이 익숙해지면서 제가 책을 꽤 많이 읽는 줄 압니다. 정말 많이 읽는 사람들에 비하면 꼭 그렇지도 않습니다. 책을 읽고 독후감을 쓴다거나 짧은 평을 쓰지는 않습니다. 그래도 책을 읽으면 표지 이미지를 컴퓨터에 저장하고, 몇 권을 읽었는지 세고, 좋은 책을 책꽂이 맨 위에 올리고, 연말에 '올해의 책'을 선정하는 작업 정도는 합니다.

어려서부터 책을 많이 읽은 건 아닙니다. 물론 안 읽은 것은 아니지만 다독가라 불릴 만큼 열심히 읽은 기억은 없습니다. 그리 똑똑하지도 않았으니까요. 일단 책을 늘 갖고 다니는 습관이 주효했습니다. 책이 곁에 있으면 저절로 읽게 됩니다. 버스를 기다리면서, 방송을 기다리면서, 약속 장소에 일찍 도착했을 때 책을 펼치면 됩니다. 지하철, 기차, 비행기 안은 책 읽기에 참 좋습니다.

어떻게 틈만 나면 책을 읽느냐고 묻는 사람들이 있습니다. 그러면 그냥 이렇게 말합니다. '할 일이 없어서요.' 절대 거짓말은 아닙니다. 그 짧은 순간 일 분이든, 십 분이든 짬이 생겼는데 딱히 할 일이 없으면 책을 읽기 때문입니다. 짧은 시간에는 책 한 쪽이 최선입니다. 물론 스마트폰을 들 때도 있지만, 분명히 책이 더 낫습니다. 적어도 책 읽는 제 모습이 더 보기 좋습니다.

물론 진짜 이유는 다릅니다. 대통령처럼 나라를 구하기 위해 읽는 것은 아닙니다. 『언어의 온도』 이기주 작가가 말하는 활자 중독도 아닙니다. 그 책을 읽고 유사 증상을 의심해 봤지만 아무래도 아닙니다. 《씨네21》의 이다혜 기자처럼 책과 책을 비교해 멋진 서평을 쓸 만한 능력도 없습니다. 그는 정말 대단합니다. 일에 도움이 되는 것은 사실이지만 일을 위해서 읽는 건 아닙니다.

진짜 이유는 곧 공개하겠습니다. 책을 많이 읽으면 정
말 좋습니다. 물론 다 아시겠지만 말입니다. 일단 책을 들
고 다니면 본의 아니게 책을 좋아하는 사람이라는 이미지
가 만들어집니다. 그리고 확실히 내가 하는 말의 내용이
달라집니다. 내가 쓰는 글의 필력도 달라집니다. 저는 잘
못 느끼지만, 주변의 반응이 그렇습니다.

이제 말씀드리죠. 제가 책을 읽는 진짜 이유는 '생각을
안 하기' 위해서입니다. 저는 생각이 복잡한 사람입니다.
아무것도 안 하면 생각이 샘솟습니다. 생각이 꼬리에 꼬
리를 물고, 하지 않아도 될 생각까지 구만리가 펼쳐집니
다. 이미 지나간 일에 대한 후회부터 앞으로 일어날 일에
대한 걱정까지 꼬리가 꽤 긴 편입니다. 그 꼬리는 다른 일
에 몰입하지 않고는 자를 수가 없습니다.

물론 좋은 아이디어가 떠오를 때도 있습니다. 적어 놓지 않으면 대부분 곧 스스로 사라지지만 말입니다. 계획을 세우고 대안을 찾는 데도 유용합니다. 하지만 필요한 만큼만 할 때의 이야기입니다. 수위 조절에 실패하고 복잡한 생각의 타래가 풀리면 대부분의 생각은 걱정으로 바뀝니다. 일어나지 않을 일에 대한 걱정입니다. 따라서 저는 생각을 줄여야 합니다. 꼭 줄여야 합니다.

오만 가지 생각에서 삼만 가지 생각으로 줄일 예정입니다. 복잡한 생각을 줄이기 위해 저는 책의 도움을 받습니다. 그래서 저는 책이 꼭 필요합니다.

부끄러운

경복궁역에서 맹학교까지 걸어가는 자하문 길은 결코 짧지 않았습니다. 시간이라도 늦은 날에는 뛰어가기에 꽤 버거운 거리입니다.

큰 숨을 몰아쉬며 도착한 학생식당 한구석에 그녀는 늘 인형처럼 앉아 있었습니다. 헐떡이며 인사를 건네는 내게 반응하는 그녀의 음색은 항상 한결같은 차분함이었지만 그녀의 속마음이 읽힙니다. 그녀는 마음속 반가움을 굳이 표현하려 하지 않았습니다.

저는 그다지 괜찮지 않은 선생입니다. 특수교육을 전공하는 후배의 부탁으로 시작한 자원봉사 과외는 내게 또 다른 숙제였습니다. 저는 버거운 학교 공부를 하면서도, 동아리 활동까지 해내고 싶은 욕심 많은 청춘이었습니다. 형편이 어려웠기 때문에 아르바이트에 전념을 하면서도 여러 일을 했습니다.

제가 가르쳤던 과목은 수학과 과학입니다. 제게도 어려운 과목입니다. 수학 풀이 과정을 점자로 찍으면 종이를 뒤집어 확인해야 했기에 그녀는 풀이 과정을 머릿속에서 해결해야 합니다. 과학에 나오는 그림도 수학에 나오는 그래프도 말로 설명해야 합니다. 말은 따듯해야 합니다. 꽤 자세해야 했고, 이해를 기다려야 합니다. 이해를 기다리기까지 설명은 여러 번 반복해야 합니다.

가르침 자체는 보람 있습니다. 그녀의 받아들임이 뛰어났기 때문입니다. 그녀는 하나를 가르쳐 주면 셋을 알았고, 때로는 다섯을 앞서가기도 합니다. 오히려 제가 그녀의 상황을 잘 배려하지 못한 것 같아 미안합니다. 학업, 아르바이트, 동아리, 교회, 여러 가지 일로 바빴던 저에게 이 일은 그다지 우선순위가 아닙니다. 가끔 빠지기도 했던 저는 결국 일 년을 채우지 못합니다.

그때까지만 해도 저는 그녀에게 제가 뭔가 베풀었다고 생각했습니다. 바쁜 가운데 짬을 내 시간을 들였고, 머릿속 지식을 보탰으며, 두 시간 내내 떠들며 목소리를 주었다고 생각했습니다. '자원봉사'라는 이름은 제가 꽤 괜찮은 사람임을 나타낸다고 생각했습니다. 하지만 그녀에게 아마도 저는 그다지 성실하지 않은 선생이었을 겁니다. 자원봉사라는 이름의 허세로 똘똘 뭉친.

그 후에 저는 아나운서가 됐습니다. 돌아보니 저는 아나운서가 되는 훈련을 받고 있었습니다. 교회 중고등부에서 삼 년 동안 총무 일을 맡아 매주 광고를 하며 마이크 무대 적응 훈련을 했고, 맹학교 과외 자원봉사로 표현력 훈련을 했습니다. 선교단체에서는 성경 통독사가 되어 성경을 소리 내어 빨리 읽으며 발음 훈련을 했고, 농촌 어르신들께 복음을 전하며 마음을 읽는 훈련을 했습니다.

자원봉사라는 허세로 시작한 맹학교 과외는 진정한 이타주의가 아니었습니다. 이기주의를 벗어나 보려는 단순한 노력이었습니다. 지나고 보니 그 일은 제가 아나운서라는 직업을 갖기 위한 훈련 과정이었습니다. 그림을 표현하고, 상대를 이해시키고 설득하기 위하여 풀어서 말하는 연습은 제게 꼭 필요한 훈련이었습니다. 오히려 그녀는 저의 인생 훈련 학교 말하기 교관이었습니다.

삼십 년이 지난 지금에야 저는 그녀에게 감사 인사를 전합니다. 미안한 마음도 함께 전합니다. 요즘 저는 아들과 함께 매달 '소리샘' 전화로 시각장애인을 위한 녹음 봉사로 책을 읽습니다. 한 달이 어찌 이리 빨리 돌아올까 싶을 때도 있지만 오늘도 저는 인생 훈련 학교에서 더 나은 인생이 되기 위한 훈련을 받고 있습니다. 이 훈련이 평생 가기를 소망합니다.

분주한 ✒

여행지에 가면 되도록 그들의 출근길에 동참합니다. 아침 시간 숙소에서 시내 중심지까지 이동해 봅니다. 구경하는 여행이 아닌 살아 보기 체험입니다. 마치 그 도시의 직장인이 된 것 같은 기분이랍니다.

뉴욕은 플러싱에서 유니온 마켓까지 갑니다. 온갖 이민자들의 용광로 7호선에는 고단함이 넘쳐납니다.

런던은 웸블리 파크에서 코튼햄까지 갑니다. 좁은 지하철, 겨울에도 파카 입은 남자는 없습니다. 대부분 모직 코트를 입은 신사의 나라입니다. 런던 갈 땐 파카 입지 말라던 아들의 조언에 고개를 끄덕입니다.

하노이는 호안끼엠 호수에서 공항으로 갑니다. 여전히 분주한데도 아침의 소음은 밤보다 훨씬 덜합니다.

뭄바이의 아침은 굳이 말하지 않겠습니다. 아침부터 빵빵 소리가 장난 아닙니다. 정말.

삿포로의 아침에는 오도리 공원을 지나서 전차를 탑니

다. 그들은 고요함을 꽉꽉 눌러 놨습니다. 조용함이 곧 참
다못해 터질 것 같습니다.

　도시들의 아침은 분주합니다. 당신의 아침은 어떻습니
까?
　그 분주함 뒤에 숨은 감정은 무엇입니까?

　저는 요즘 공덕에서 여의도까지 십 리를 걸어서 출근합
니다.

비참한

봄볕이 따스하던 날부터 어머니는 배가 아프다고 병원에 다녔습니다. 큰 병원에서 담석증 진단을 받고 곧 수술을 받는다고 하셨습니다.

늦여름, 가벼운 수술이니 걱정하지 말라고 하시며 환하게 웃는 얼굴로 입원하셨던 어머니는 열흘 후 중환자가 되어 누워서 집으로 돌아오셨습니다. 담석증 수술을 위해 열어 보니 간암이었답니다.

명백한 오진이었습니다. 수술과 동시에 암세포는 다른 장기에 번졌고, 멀쩡했던 엄마는 그 후로 일어서지도 못하셨습니다. 한방으로 급히 암 치료를 했지만 엄마는 쓸쓸한 초겨울에 열세 살 아들 곁을 떠나셨습니다. 엄마는 생명보험에 가입했었습니다. 하지만 보험사는 엄마가 초기 진료 사실을 통보하지 않았다는 이유로 보험금을 지급하지 않았습니다.

아버지는 큰 병원과 보험사를 여러 번 방문하셨습니다.

(3)　　우리 세대에게 고 신해철 씨는
대리만족의 우상입니다. 그렇게 허망하게 세
상을 떠나고 많이들 안타까웠습니다.
계속되는 재판 소식이 올라올 때마다
그 아쉬움이 되살아났습니다. 우리 기억의 농

그때마다 크지 않은 나를 데리고 다니셨습니다. 그러던
아버지가 나를 앉혀 놓고 말씀하셨습니다.

"아무도 사과를 하지 않는구나. 진실이 분명해도 사과
받기가 이렇게 힘든 줄 몰랐다. 이제 그만해야겠다. 너한
테 무척 미안하구나."

아버지의 눈물을 본 나는 아직도 생명보험에 가입하지
않습니다.

누구에게나 일어날 수 있는 의료사고가 수면 위로 올라
올 때가 있습니다.(3) 고인이 유명인이면 그 파장은 커집니
다. 사망 원인을 둘러싸고 보이지 않는 싸움이 오랫동안
진행될 때도 있습니다. 시간이 흐르고 언론마저 잠잠해지
면 유가족이 더 외롭지 않을까 걱정되기도 합니다. 결국
진실은 밝혀지겠지만 보통 진실의 실체는 비참하기 마련
입니다.

여전히 주변에서 벌어지는 많은 사건 사고들이 비참

도는 옅어져 가지만 유가족의 아픔은 더 선명
해질지도 모릅니다. 사고 당시 그 아픔 가운
데서도 제가 할 수 있는 건 칼럼에 위로 글 몇
자 적는 것밖에 없었습니다.

한 진실을 감추고 있습니다. 물에 빠져도, 불이 나도, 사람
이 떨어져 죽어도 진실은 아무도 모르고, 사과하는 사람
은 아무도 없습니다. 어쩌면 진실은 파헤칠수록 비참해진
다는 것을 알고 있기에 우리는 그 진실을 덮고 있는지도
모릅니다. 그러나 진실은 덮어도 유가족의 마음은 절대로
덮이지 않습니다.

직접적인 원인은 차치하고서라도 누군가 혹여 있었을
작은 실수라도 인정하고 진심으로 사과한다면 분노와 억
울함은 한결 잦아들 것입니다. 매번 일어나는 사건 사고
마다 사과 없는 지루한 싸움이 계속된다면 간혹 있는 고
인의 어린 자녀들이 어른들을 불신할까 봐 두렵습니다.
비참한 진실은 진심 어린 사과로 그 어두운 껍질을 벗길
수 있습니다.

진정한 사과가 없다면 누군가 분명 그 어두운 껍질 속에 평생 갇힐 것입니다. 이런 일이 있을 때마다 엄마 산소에 가고 싶어집니다.

뼈아픈 ——— ✒

언어는 생물과 같습니다. 내가 원하는 말을 하려면 속으로 여러 번 곱씹어 봐야 합니다. 아니면 영 엉뚱한 말이 나와 생각지 못한 상처를 주기도 합니다.

언어는 풍선과 같습니다. 듣기 좋은 말도 잘 다루지 않으면 터져 버리거나 영영 내 손을 떠나 날아가 버리기도 합니다. 좋은 의도로 한 말도 칼이 될 수 있습니다.

언어는 감옥과 같습니다. 간혹 언어에 갇히는 경우가 있습니다. 그 언어가 어떤 순간마다 떠올라 머릿속에 자리를 잡고 나를 그 안에 가두기도 합니다.

아나운서 사 년 차 즈음에, 비교적 중요한 프로그램을 맡고 있었습니다. 당시 본부장께서 저를 방으로 부르셨습니다.

"나는 자네 진행 방식이 싫어. 자네는 대성하기 힘들

겠네. 다른 길을 찾아보는 건 어떤가?"

"제가 뭘 잘못하고 있는지 말씀해 주시면 고치겠습
니다."

"그냥 싫네. 무조건 싫어."

그분이 왜 그런 말을 하셨는지 모르겠습니다. 말 그
대로 그냥 싫으셨던 모양입니다. 당시 저는 꽤 큰 충격
을 받았습니다. 어찌할 바를 몰랐습니다. 뭘 고쳐야 할
지 몰랐으니까요. 어떻게 충격에서 벗어났는지는 기억
나지 않습니다.

다만 그 언어가 이십 년도 더 지난 지금까지 기억날
뿐입니다. 심지어 쳐다보지도 않고 문가에 저를 세워
둔 채, 하던 일을 계속하며 건넨 그 말에 저는 한동안
갇혀 있었습니다. 어쩌면 지금도 제 발로 걸어 들어가
갇히는지도 모르겠네요.

그분의 의도는 짐작할 수도 없지만 분명 그분께 배운 것은 있습니다. 나를 다 좋아하지는 않겠구나, 언제 어디서나 나를 싫어하는 사람도 있겠구나, 하는 사실입니다. 그리고 실제로 그렇습니다. 초년 시절 경험이 간혹 나를 싫어하는 사람의 존재를 받아들이는 데는 도움이 됐습니다.

아마 그분은 기억도 못 하실 겁니다. 제가 이 글을 쓰는 이유는 혹시 제가 무심코 한 말에 누군가 평생 갇혀 있을까 봐 염려되기 때문입니다. 저는 기억도 못 하는 그 말의 감옥에 누군가 갇혀 있다면 그 미안함을 어찌 표현하겠습니까? 실은 그럴 가능성이 좀 높습니다. 제가 팩트 폭격을 아주 잘하거든요.

앞으로도 조심하겠습니다. 그리고 내가 갇힌 언어의 감옥의 열쇠는 보통은 내가 갖고 있습니다. 얼른 열쇠로 감옥 문을 따 열고 나오십시오. 지금 당장 나와서 다시는 근처에 얼씬도 하지 마십시오.

그러니까 당신도 헤어진 연인이 남기고 간 마지막 말, "넌 벌레 같았어." 궁합 본다고 찾아간 점쟁이가 남긴 말, "결혼하지 마. 상대방 잡아 먹을 팔자야." 어린 시절 부모님이 홧김에 던진 말, "넌 평생 빌어먹고 살거다." 선생님이 무심코 뱉은 말, "이래서 어디 밥 벌어먹고 살겠니?" 이 모든 감옥에서 당장 뛰쳐나오십시오.

심지어 칭찬의 감옥에도 갇히지는 마세요. 칭찬도, 비난도 오 초 후에는 오십 미터쯤 날아가 있을 테니까요. 그 감옥을 따라가지 마세요. 웬만하면.

사랑스러운 ✏️

가끔 돌잔치 사회를 부탁받을 때가 있습니다.

나이도 들었고 딱히 역할도 없어 대부분 고사합니다만, 그래도 관계 차원에서 거절할 수 없을 때가 있습니다. 거듭하다 보면 요령이 생겨 새로운 순서가 생기기도 합니다.

너무 짧으면 싱겁고 너무 길면 지루해서, 주인공 아이가 견딜 수 있는 범위에서 시간을 조절합니다. 나름대로 적절한 의미도 부여해야 하고, 전문 진행자에게 기대하는 부분도 있기에 쉽지는 않습니다.

순서 중에 하나는 아빠와 엄마 인터뷰입니다. 어떤 부모가 되겠느냐는 질문입니다. 한 번의 질문으로 끝나지 않고, 두 사람을 번갈아 가면서 계속 같은 질문을 합니다.

"어떤 아빠가 되시겠습니까?"

"어떤 엄마가 되시겠습니까?"

"좋은 아빠가 되겠습니다."
"아이의 말을 들어 주는 엄마가 되겠습니다."

"다정한 아빠가 되겠습니다."
"아이가 친구처럼 생각하는 엄마가 되겠습니다."

"따뜻한 아빠가 되겠습니다."
"아이의 마음을 읽는 엄마가 되겠습니다."

"음······."
"아이와 함께 즐겁게 노는 엄마가 되겠습니다."

"음······ 이제는."
"아이를 있는 그대로 생각하는 엄마가 되겠습니다."

"음······ 아휴."

"아이를 사랑하는 엄마가 되겠습니다."

"음…… 생각이."
"아이를 위로하는 엄마가 되겠습니다."

보통 아빠들은 "보기는 없나요?"라고 묻거나, 서너 마디 하다가 말문이 막힙니다. 하지만 엄마들은 쉴 사이 없이 답변이 이어집니다. 엄마, 아빠 모두 초보인데도 이렇게 다릅니다. 대부분 아빠의 답변은 아빠가 중심인데, 보통 엄마의 답변은 아이가 중심입니다.

우리 집 아들아이 돌잔치도 엊그제 같은데 벌써 군대를 보냈습니다. 아이가 일곱 살 때, 남자는 군대에 가야 한다는 사실을 알고는 걱정이 많았습니다. 걱정하지 마, 너 때는 안 갈 거야 했었는데, 결국 갔습니다. 아이를 군대에 보내고 나니 할 일을 다 한 것 같아 섭섭합니다. 가끔 오는 전화를 받아 보면 훌쩍 커 버린 것 같습니다.

저도 초보 아빠였던 터라 역할을 잘했나 모르겠습니다. 지금 다시 하라면 더 잘할 수 있을 것 같기도 합니다. 만약 제게 다시 기회가 주어진다면, 아니 앞으로라도 이런 아빠가 되겠다고 다짐을 몇 가지 적어봅니다.

아이를 사랑으로 키우기보다 그냥 사랑하겠습니다.
아이의 말을 들어 주기보다 그냥 대화하겠습니다.
아이와 놀아 주기보다 그냥 놀겠습니다.
아이와 약속하기보다 그냥 바로 실천하겠습니다.
아이가 할 수 있는 것을 대신해 주지 않겠습니다.
아이가 좋아하는 것을 못 하게 하지 않겠습니다.
아이가 아무리 잘하는 것이라도 억지로 시키지 않겠습니다.
아이가 못하는 것이라도 그냥 놔두겠습니다.
아이를 꽃으로도, 말로도 때리지 않겠습니다.
아이에게 미안하다는 말을 주저하지 않겠습니다.

아이를 꾸짖기보다 위로하겠습니다.

아이를 칭찬하기보다 응원하겠습니다.

아이가 힘들어할 때 지켜보기보다 말로, 행동으로 위로
하겠습니다.

이렇게 하지 못했는데도 잘 자라 준 아이가 참 고맙습
니다. 그냥 미안해하기보다 오랫동안 고마워하겠습니다.
아빠는 부족한 아빠였지만 아들은 제법 괜찮은 아들이었
습니다.

하지만 지금만큼 괜찮지 못한 아들이었다 해도 내 아들
의 아빠인 것이 자랑스러웠을 것입니다. 아빠에게 아들은
괜찮지 않을 수 없습니다. 그저 사랑스러울 뿐입니다. 이
글을 채워 나가는 동안 그새 아들은 군 복무를 마쳤습니
다.

이제 곧 좋은 할아버지가 되는 연습을 시작해야겠습니
다.

색다른 ✒️

나는 늘 그의 뒤를 보았습니다.

그는 뒤에도 표정이 있었습니다. 어깨의 각도, 머리카락의 윤기, 목의 곧기, 걸을 때 신발 바닥이 보이는 정도에 따라 그의 자존감을 느낄 수 있었습니다.

그러고 보니 난 사람의 뒷모습을 보는 것이 참 좋습니다. 대학로 거리 공연을 볼 때면 연주자의 뒤로 돌아가 지켜봅니다. 교회에서는 맨 뒤에 앉아 목사님의 설교보다는 청중의 뒤통수를 비교합니다.

오케스트라 공연은 지휘자의 뒷모습을 보러 가는 겁니다. 하지만 한 사람의 뒷모습으로 두 시간을 보내기에 충분치 못합니다. 때로는 지휘자의 앞모습과 연주자의 뒷모습을 보고 싶습니다. 객석이 무대 주변을 둘러싸고 있는 베를린 필하모닉 콘서트홀처럼 말입니다.

콘서트홀은 1963년에 완공됐고, 이러한 혁명적 발상의 전환은 건축가 한스 새론Hans Seron의 아이디어였답니다. 물론 많은 사람이 반대했지만, 지휘자 헤르베르트 폰 카라얀만큼은 열렬한 지지를 보냈다는군요.

오케스트라에서 지휘자의 얼굴을 보고 싶은 사람도 있습니다. 그들의 욕구를 충족시켜 줄 색다른 콘서트홀이 필요하겠지요. 그리고 사람들의 뒷모습을 보고 싶은 사람도 있습니다. 뒷모습을 본다는 건 정말 색다른 구경입니다.

그런데 평생 직접 볼 수 없는 뒷모습이 있습니다.
바로 나의 뒷모습입니다.

서로 다른 ——————— /

내가 사는 서울은 계절마다 느낌이 다릅니다.
당연한 이야기지요.

삼 년을 살았던 밴쿠버도 여름과 겨울이 확연히 다릅니다. 밴쿠버에 그리 길지 않은 시간을 살았던 사람도 언제 왔는가에 따라 도시의 인상을 다르게 갖습니다.

여름에 와서 찬란한 여름을 경험한 사람들은 비 내리는 지루한 겨울 동안 여름을 기다리며 납니다.

겨울에 와서 지루한 젖은 겨울을 보낸 사람들은 찬란한 여름이 와도 축축한 겨울이 걱정입니다.

로키 산맥도 기왕이면 계절별로 가 보셔야 합니다. 삼 년을 살며 계절별로 네 번을 다녀왔습니다. 금강산이 계절별로 다른 이름이 있듯이 로키도 사계절 서로 다른 네 개의 산입니다.

캄보디아 프놈펜도 우기에 분명 수상가옥이었던 곳이

건기에 가 보니 마른 땅에 있는 이층집이더군요.

라오스 방비엥도 건기에 머물렀던 방갈로가 우기에 가니 배 타고 드나들어야 하는 불편한 낭만을 주더군요.

런던의 여름은 그렇게 분주하고 어딜 가나 붐비더니 겨울의 런던은 적당한 관광객으로 구경하기 딱 좋더군요.

같은 여행지를 다녀와도 시기에 따라 여행의 느낌은 다를 수밖에 없습니다. 하물며 서로 다른 세월을 살아온 우리 인생은 오죽 다르겠습니까?

내가 살아 보지 않은 남의 인생 뭐라 말할 수 없습니다. 당신의 인생도 겨울과 여름이 다를 뿐입니다.

여름에는 겨울 생각하며 위로받으시고, 겨울에는 봄 생각하며 위로받으십시오.

선명한 I ✎

제 친구는 매일 엄마와 통화를 합니다. 뭐 그리 할 말이 많을까 싶습니다만 구순을 바라보는 노모가 좋아하신다니 쉰 넘은 아들은 기꺼이 전화를 겁니다. 물론 긴 통화를 하지는 않습니다. 일 분도 채 안 되는 짧은 시간에 주고받는 몇 마디가 어머니의 걱정을 줄여 주기 때문이랍니다. 그 친구 표현에 의하면 '생존신고'입니다.

아들이 어머니에게서 독립을 못 한 건지, 어머니가 아들에게서 독립을 못 한 것인지는 모르겠습니다만 십 대에 어머니를 잃은 저로서는 한편 부럽기도 합니다.

엄마는 늘 기억 속에 살아 계십니다. 물론 어버이날이나, 어머니 생신, 돌아가신 날 즈음에 유독 많이 떠오르지만 언제나 엄마의 이미지는 선명합니다. 내 침대에서 낮잠을 주무시면서 "이 침대는 잠자는 황금마차야. 어쩜 이렇게 꿀잠을 자나 몰라." 하며 환하게 웃으시던 모습이 선명합니다.

생애 첫 기억도 엄마입니다. 다섯 살 크리스마스 아침, 엄마는 큰 통에 고기를 재고 있었습니다. 엄마가 운영하던 미장원 누나들과 겨울 나들이를 가기로 했었습니다. 그런데 말입니다. 엄마 미장원이 있는 대연각 호텔에 불이 납니다. 그 전화를 받고 엄마는 쓰러졌습니다. 그 기억이 그렇게 선명합니다.

엄마가 돌아가시고 난 후, 나는 엄마가 아플 때보다 엄마 생각을 더 많이 했습니다. 중학교 때 뽀빠이 이상용 씨가 진행하던 〈우정의 무대〉 화면만 보면 눈물이 멈추질 않았습니다. 고향집에서 올라오신 어머니의 목소리를 듣고 내 어머니라고 생각하는 장병들이 무대로 뛰어 올라가는 그 모습에서 그랬습니다. 폭풍오열을 했습니다. 내가 군대에 가면 면회 올 어머니가 안 계시다는 사실이 그렇게 서러웠습니다.

그래도 나중에 하늘나라에 가면 나도 엄마 목소리 듣고 찾을 거라고 생각했습니다. 나를 마중 나온 엄마 목소리만 듣고도 "이분은 내 어머니가 맞습니다."라고 외칠 거라고 자신했습니다.

그런데 말입니다. 어느 날부턴가 엄마 목소리가 기억이 나지 않습니다. 얼굴은 언제나 선명하게 기억합니다. 설령 아니라 해도 사진 보면 다시 떠오르는 것이 엄마 얼굴입니다. 이럴 줄 알았으면 녹음이라도 해 놓을걸 싶지만 철없던 그 나이엔 꿈에도 생각을 못 했더랬지요. 아들 영어 공부 시키신다고 테이프에 영어 문장을 녹음해 놓으신 듯도 한데 철없던 아들이 음악 녹음해서 믹스테이프 만든다고 지워 버린 모양입니다.

엄마 목소리가 더는 기억나지 않는다는 것을 깨달은 그날, 눈물이 흘렀습니다. 하늘나라 가서 목소리만 듣고는 엄마를 찾을 수 없게 됐기 때문입니다. 나는 엄마 얼굴을 알아도 젊은 엄마는 나이 든 아들을 모를 텐데 말입니다.

오늘 밤, 엄마가 내 꿈으로 휴가를 나왔으면 좋겠습니다. 무척 오랜만이거든요. 그리고 엄마가 이렇게 말해 주면 좋겠습니다. "이 침대는 잠자는 황금마차야. 어쩜 이렇게 꿀잠을 자나 몰라." 그렇게 말해 준다면 엄마 목소리를 오래오래 기억하겠습니다.

선명한 II ———— ✒

　가끔 출입국 기록이 적힌 서류를 떼서 물끄러미 바라봅니다. 짧은 인생에서 나라 안팎을 드나든 기록이 빼곡하게 글자로 인쇄되어 있습니다. 나간 날부터 들어온 날까지가 바로 그때 여행한 날들입니다.

　1989년 4월, 해외여행이 처음으로 자유화되고, 그해 12월 첫 대만 여행을 떠났습니다. 그리고 그다음 해 여름, 유럽 배낭여행을 다녀왔습니다. 그 뒤론 여행의 유혹에서 쉽게 벗어나지 못합니다. 여행자의 허기는 여행이 아니곤 쉽게 채워지지 않습니다. 그래서 허기가 질 때마다 출입국 기록을 들여다봅니다.

　이제 슬슬 기억이 안 나는 여행이 있습니다. 얼추 많은 나라를 다녀서, 혹은 시간이 너무 오래 지나서 그럴 수도 있겠다 싶지만, 그래도 이건 아니지요. 제가 어디를 갔는지, 왜 갔는지, 누구와 갔는지가 떠오르지 않는다는 것은 기억이 지워졌다는 뜻입니다.

저는 기억력이 비교적 좋은 편인 데다가 여행은 제가 제일 좋아하는 삶의 일부분이다 보니 아쉬움이 큽니다. 물론 제가 읽은 책, 제가 본 영화, 제가 만난 사람 모두 기억하지 못합니다. 어떤 때는 책을 한참 읽고 난 후에 읽었던 책임을 깨닫고, 분명 본 영화인데 줄거리가 전혀 떠오르지 않기도 합니다.

처음 본 상대방이 우리 전에 만났었다고 말을 걸기도 합니다. 그래도 여행은 그래선 안 된다고 생각합니다. 그 당시 느낀 낯선 분위기와 각인된 새로운 풍광이 뼛속 깊이 사무쳐 있을 텐데 말입니다.

스위스의 극작가 막스 프리쉬Max Frisch가 이런 말을 했더군요.

"여행은 촬영 중인 영화다. 기억이 그 영화를 상영한다."

저는 열심히 촬영하고 왔는데, 이제 제 기억이 그 영화를 상영할 수 없다는 건 무척 아쉬운 일입니다. 마치 촬영

한 테이프가 망가진 꼴 아니겠습니까? 오래된 영화일수록 더 애틋한 법인데 말입니다.

물론 사진을 많이 찍었습니다. 그런데 필름 카메라로 찍어 인화한 사진들은 어디 있는지 모릅니다. 디지털카메라가 생긴 이후엔 워낙 많이 찍다 보니, 이제 수만 장이 된 여행 사진들은 외장 하드에 잠들어 있습니다.

동영상이 유행처럼 번진 때는 아이의 성장기를 찍는답시고 여행마다 테이프 몇 개씩 찍었지만 이젠 기계가 다 바뀌어 재생조차 힘듭니다. 이제 기억을 믿을 수 없는 나이가 되어 갑니다. 부지런히 글로라도 남길걸 그랬다는 아쉬움은 이미 늦은 후회입니다.

'기억', 표준국어대사전은 이렇게 정의합니다.
"이전의 인상이나 경험을 의식 속에 간직하거나 도로 생각해냄."

여행의 추억을 소환해내는 데, 꼭 필요한 정의입니다. 그런데 간직하기도 도로 생각해내기도 어려워진 겁니다. 기억은 저에게 당연하게 여기던 기능이었습니다. 일종의 능력이기도 합니다. 기억이라는 장치와 내 능력이 얼마나 소중한 것인지, 치매에 걸리기 전이라도 우리는 알 수 있습니다. 어르신들이 왜 그리도 치매를 두려워하는지, 그깟 오래된 여행지 기억 안 나는 것으로 깨닫게 되는군요.

제게 있는 소중한 능력이 이제 그 기능을 잃어 갑니다. 물론 아직 98퍼센트의 기능이 남아 있는 걸 겁니다. 이제라도 그 기능이 소중하다는 걸 알았으니 더 아끼고 더 잘 사용하겠습니다.

선명한 기억.

이제 '선명한'이란 단어는 점점 흐릿해질지도 모릅니다. 코로나19로 한동안 해외여행도 못 하게 됐으니 선명한 추억 속으로 떠나는 여행밖에 없습니다.

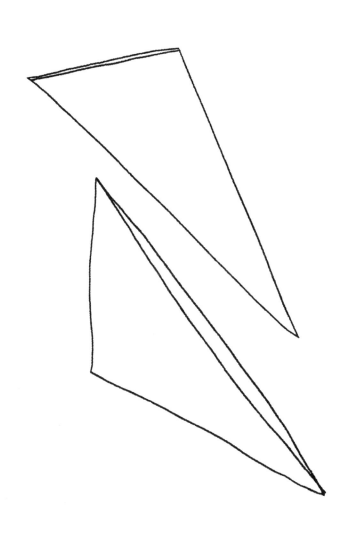

선한

누구나 선한 사람이 되고 싶을 겁니다. 착한 사람하고는 의미가 좀 다르지요.

'선하다'라는 단어의 정의는 이렇습니다.
"올바르고 착하여 도덕적 기준에 맞는 데가 있다."

'착하다'라는 단어의 정의는 이렇습니다.
"언행이나 마음씨가 곱고 바르며 상냥하다."

어떤 형용사가 더 마음에 드십니까?

어린 시절을 생각하면 '착하다'라는 단어가 떠오릅니다. 제가 다니던 초등학교에서는 반장, 부반장들에게 '착한 어린이'라고 쓴 배지를 달게 했습니다. 지금 생각해 보면 선생님들의 생각이 궁금합니다. 반장이라는 배지보다 위화감을 덜 준다고 생각하셨을까요?

반장, 부반장이라고 꼭 착한 어린이는 아니었을 텐데요. 어쩌면 착한 어린이가 되어야 한다는 다짐처럼 느끼게 하고 싶었을까요?

요즘은 '착한'이라는 단어에 수동적인 느낌이 강해 불편해졌습니다. 오히려 '가격'이라는 명사 앞에 더 자주 붙습니다. 어쨌든 저도 착한 사람보다 선한 사람이 되고 싶습니다.

예전에 어른들이 늘 선한 사람 되라고 하셨던 그 말씀이 바로 아리스토텔레스가 말하던 '에토스Ethos'가 아닐까요?

요즘에는 '선한'이라는 말이 '영향력'이라는 명사와 잘 어울립니다. 일종의 리더십으로 선한 영향력을 주고 싶다는 거겠지요.

저는 제가 다니는 회사에서 이십오 년 넘게 일했습니다. 하지만 여전히 평사원입니다. 앞으로도 부장이나 실장이 될 가능성은 거의 없습니다. 회사 분위기상 그리 부끄러운 일도 아닙니다. 그런 관리 차원의 리더십은 원하지 않지만, 그래도 조직원들에게 선한 영향력은 끼치고 싶습니다.

세상을 떠들썩하게 했던 칠레 광산의 붕괴 사고에서 살아 돌아온 서른세 명에게는 세 명의 리더가 있었습니다. 먼저 작업반장 루이스 우르수아, 말 그대로 반장입니다. 다음은 간호사 출신의 요나 베리어스, 건강을 챙겼겠지요. 그리고 최고령자 예순세 살의 마리오 고메스입니다. 두 달 넘게 광부들을 격려하고 위로해 주었다는군요.

달팽이는 앞에 가는 달팽이를 따라간답니다. 달팽이는 근육 이동이 아니라 분비물을 타고 이동합니다. 앞에 간 달팽이의 분비액을 타고 가면 훨씬 수월하다는군요. 왠지 달팽이 앞에서 사람들이 부끄러워집니다.

저는 수많은 사람에게 영향력을 줄 만한 사람이 못 됩니다. 그냥 몇몇 사람들에게 작은 영향력을 주고 싶습니다.

제 방송을 보는 열 명의 시청자들에게 따뜻한 위로를, 제 강연을 듣는 한 사람의 청자에게 깊은 감동을, 제 강의를 한 학기 동안 들은 한 명의 학생에게 인생의 작은 변화의 출발점을 주고 싶을 뿐입니다.

한 사람 한 사람이, 작지만 선한 영향력을 꿈꾼다면 우리 세상은 하나의 줄로 연결되지 않겠습니까?

아이돌 친구들도 팀에서 저마다 담당이 있습니다.

저는 위로 담당입니다.

섭섭한

인생은 손해와 유익의 연속입니다. 하루의 삶을 떼어 놓고 보면 손해만 있는 것 같기도 하고, 유익만 있었던 날도 있겠다 싶습니다. 하지만 한 해 결산만 잘 따져도 손해 더하기 유익은 늘 0에 수렴됩니다.

문제는 손해는 뼈에 사무치도록 기억에 남아 있는데, 유익은 물에 새긴 조각처럼 순간 사라진다는 것입니다. 결국, 0에 수렴되는 손해 더하기 유익의 결산은 현실적으로 어렵습니다. 손해가 유익을 가져온다는 둥, 손해 보는 사람이 결국은 이긴다는 둥, 이런저런 손해 예찬론이 즐비해도 손해가 나면 그 순간 섭섭하고 속상한 것만은 사실입니다.

방송국 물정도 크게 다르지 않아서 늘 손해 보는 사람이 있고, 그에 따르는 유익을 보는 사람도 있기 마련입니다. 철마다 개편이 있어서 하는 일이 달라지고, 달라진 일을 온 국민이 알 수밖에 없는 상황이니 손해와 유익의 여파는 더 크기 마련입니다.

손해나 유익 모두 본의 아니게 일어나는 경우가 대부분이지만 누군가의 이기적인 계략에 의해서 대신 피해를 본 경우라면 손해라는 말로 표현하기 부족한 부분이 있습니다. 지난날을 돌아보면 내게 왜 손해가 없었겠습니까? 물론 내게 왜 유익이 없었을까만, 생각이라도 할라치면 늘 손해만 떠오르니 이를 어찌하겠습니까. 저는 그때마다 그렇게 섭섭할 수가 없습니다.

문득 철 지난 손해에 사로잡혀 있던 날들이 떠오릅니다. 억울한 마음에 어찌 복수할까 고민도 하고, 덕이 없어 그런 걸 어쩌나 내 탓도 하고, 애먼 강물 앞에 화풀이도 했던, 섭섭함이 충만했던 날들이었습니다. 특히 사람들이 손해 보고 가만히 있는 나를 얼마나 우습게 볼까 싶어 그것마저 화가 나던 시절입니다.

업무차 가깝지 않은 곳에서 점심을 먹고, 급한 마음에 택시를 탔을 때의 일입니다. 쌩쌩 달리던 도시고속도로에서 갑자기 차들이 서행하기 시작했습니다. 5중 추돌사고 때문이었습니다. 사고 차량들은 한 차로만 점유하고 있었지만 지나가던 차들이 구경하느라 속도를 줄였고, 결국 정체가 이어졌습니다. 크게 다친 사람은 없어 보였지만, 그들의 갑작스러운 손해에 안쓰러운 생각이 앞섰습니다. 물론 타인의 손해를 구경하던 다른 운전자들은 곧 그들의 손해를 잊었겠지요.

그때 마침 내게 인터뷰 섭외 전화가 왔습니다. 언제나처럼 내가 생각하는 최대한 공손한 목소리로 인터뷰를 조심스레 고사했습니다. 끔찍한 사고에도 내내 침묵하던 택시기사님이 말문을 열었습니다.

"목소리 듣고 보니 아나운서시군요, 반갑습니다."

"아, 네, 감사합니다."

"아나운서님 목소리 들으면, 참 편안해요. 늘 세상 걱정

없이 사실 것 같은 목소리예요. 그냥 손해 보고 살 것 같은 사람 있잖아요. 손해 봐도 마냥 좋은 사람, 그런 느낌 말이에요."

"아, 아뇨, 전혀 그렇지 않습니다."

"왜요? 다 초월해서 사실 것 같은데? 한 육십 살다 보니까요. 손해 보고 사는 게 손해 본 게 아니더라고요. 손해 보고 연연하는 게 손해지, 손해 보고 넘기면 다 그게 유익이더라고요."

그날 저는 망치로 얻어맞았습니다. 저는 그날 큰 부끄러움을 느꼈습니다. 목소리로 사람들을 속인 것 같아 부끄러웠고, 그 쉬운 이치마저 모르고 있었던 같아 부끄러웠습니다.

손해는 잊으라고 있는 것이고, 유익은 기억하라고 있는 것인데. 원수는 물에 새기고 은혜는 돌에 새겨야 하는데, 섭섭함이 진심으로 부끄러웠습니다. 택시를 내리며 얼른 마음속 인사말을 꺼냈습니다.

"어르신, 오늘 귀한 가르침 얻었습니다. 감사합니다."

"아이고, 무슨 말씀을……, 제가 괜한 얘길 한 모양이군요."

그때 길가 앙상한 은행나무에서 몇 안 남은 노란 잎 하나가 살포시 떨어졌습니다.

세심한

저는 시집을 이렇게 읽습니다. 마치 낯선 공원에서 보물찾기를 하듯, 마음에 드는 시어나 문장에 동그라미를 칩니다. 물론 저도 시를 잘 모르기 때문입니다만. 읽다가 모르는, 난해한, 지루한 문장은 그냥 무시합니다. 그리고 다 읽은 후에는 동그라미 개수를 세고 다시 읽습니다. 보물 같은 문장을 한참 들여다봅니다.

시간이 있을 때마다 공원 속 보물 읽기를 반복합니다. 그러다 보면 동그라미 친 문장이 꽤 늘어납니다. 만날수록 곱씹을수록 안 보이던 보물이 읽힙니다. 계속 읽다 보면 그 시집도, 그 시인도 보석이 됩니다. 단지 내게 끈기가 없을 뿐이지요.

사람 읽기도 마찬가지입니다. 한두 번 봐서는 알 수 없는 게 사람입니다. 그 사람의 모르는, 난해한, 지루한 구석은 뒤로하고, 그 삶에서 보석 같은 부분을 찾아보십시오.

계속 반복하다 보면 그 사람이 보석이 됩니다. 절대 한 가지 동그라미나 가위표로 속단하지 마십시오.

누구는 피카소가 여든에 십 대 여성과 결혼했다고 싫어하고, 누구는 피카소가 한국전쟁의 참상을 그렸다고 좋아합니다.

설령 시집은 세심하게 읽지 못한다 해도,
우리 사람만큼은 세심하게 읽어 봅시다.

솔직한

대중을 잠깐 속일 수는 있어도, 오래 속일 수는 없습니다. 에이브러햄 링컨이 비슷한 말(모든 국민을 잠시 속일 수 있고 일부를 영원히 속일 수 있지만, 모든 국민을 영원히 속일 수는 없다)을 하기도 했습니다. 이는 우리가 어떻게 살아가야 하는지 알려 줍니다. 솔직함은 말이 아닌 삶에서 드러납니다.

가끔 유명 인사들의 삶이 드러날 때가 있습니다. 현실의 모습들이 미디어에서 드러나는 모습과 꽤 다른 경우입니다. 이처럼 결국, 실체는 드러납니다. 솔직하지 못한 삶은 시한폭탄과 같습니다. 그런데 문제는, 자신이 솔직하지 못함을 모른다는 것입니다. 결국은 대부분 자신을 비난하는 대중을 탓합니다.

한 유명인이 빈민가에 어린이 쉼터를 짓기로 했다고 합니다. 그 유명인은 설립에 필요한 돈을 NGO 단체에 보냈다고 합니다. 그런데 한 달쯤 지나 문제가 생겼으니 그 돈을 잠깐만 다시 돌려달라고 했답니다. 그래서 돌려주었답니다. 그러고는 연락이 없었다고 하더군요. 이미 기부금 영수증은 발행이 된 상태라는군요. 그 과정에서 도대체 무슨 일이 있었던 걸까요? 저도 쉼터를 짓는다는 소식을 듣고, 오랫동안 소식이 없어 어떻게 됐느냐고 물었다가 어렵게 듣게 된 사연입니다.

솔직함은 인간에게 기대하는 최소한의 도리입니다. 인생사의 관계 형성과 유지의 기본입니다. 많은 사람을 오랫동안 속인다는 것은 속는 사람들 안에 자신도 포함된다는 뜻입니다. 제발 그 유명 인사에게 피치 못할 사정이 있었으면 좋겠습니다. 그분은 여전히 활발하게 활동하시니까요.

슬픈, 하지만 재미있는

　매튜 퀵의 소설『실버라이닝 플레이북』의 주인공 패트릭은 자신의 정신 질환으로 잠시 떨어져 있는 문학 교사인 아내에게 잘 보이기 위해 책을 읽습니다. 사서로부터 추천을 받은 헤밍웨이의『무기여 잘 있거라』가 첫 책입니다. 패트릭은 책을 읽으며 주인공이 전쟁에서 살아남아 사랑하는 캐서린과 해피엔딩을 맞을 수 있기를 꿈꿉니다. 안타깝게도 캐서린이 출산 중에 사망하는 결말을 보고, 오열과 함께 헤밍웨이를 경멸하며 극도로 분노하는 장면이 나옵니다.

　같은 제목의 영화에서는 패트릭 역을 맡은 브래들리 쿠퍼가 정신병적인 발작을 일으키며 부모의 새벽잠을 깨우고 온 동네가 불을 켜게 만듭니다. 굳이 패트릭이 아니어도 사람들은 슬픈 결말보다 해피엔딩을 원합니다. 하지만 아무리 생각해도 인생은 슬픈 결말입니다. 고단한 인생을 아무리 잘 살아왔다고 해도 사랑하는 가족과 헤어져야 하는 죽음의 순간은 분명 슬픕니다.

아내는 6학년 때 짝이었습니다. 눈이 나빠 잘 안 보인다는 이유로 키 큰 제가 넷째 줄까지 진출했고, 크지 않은 아내는 졸지에 키 큰 짝꿍을 맞이합니다. 우리는 붙은 책상에 속칭 38선을 긋고 신경전을 벌입니다. 지우개가 넘어가자 아내는 소유권 이전을 주장했고, 부당함을 주장하던 제가 모진 말을 하자 아내는 일기장을 꺼내 적습니다. 다음 날 저의 일기장에 적힌 담임 선생님의 빨간 글씨가 마음을 찌릅니다. '짝에게 잘해 주세요.'

나름 저도 그날 밤 일기장에 억울함을 호소합니다. 상황 설명과 함께 설령 내가 잘못했어도 현장에서 바로 일기를 쓰는 행위는 고자질에 해당한다고, 바람직하지 못하다는 주장을 펼쳤지만 다음 날도 선생님은 그 애편이었습니다.

사십여 년이 지난 그 일기장은 아직도 유물처럼 책꽂이에 스누피마냥 누워 있습니다. 지금은 추억이지만 우리의 시작은 그렇게 미약했습니다. 그 후 같은 교회에서 청소년기를 보냈고, 대학 시절에는 서로의 친구를 소개해 주기도 했습니다.

그러던 어느 날 같은 선교 단체에서 농촌 선교를 준비하던 중이었습니다. 차 안에서 흘러나오는 복음 성가를 함께 따라 부르다가 이것이야말로 오랫동안 그려 오던 부부의 모습이겠다 싶었습니다. 선한 일을 도모하며 함께 노래하는 인생.

저는 꽃과, 함께 찍은 사진과, 책을 들고 그녀의 집 앞에서 기다렸습니다. 그녀는 가족 행사를 마치고 늦은 밤

돌아왔고, 저는 그녀의 식구들이 보는 앞에서 고백 없는 전달식을 가졌습니다. 그 후에 저희는 일 년 연애, 유학으로 인한 일 년 장거리 연애를 거친 후에 결혼식을 올렸습니다.

신혼 생활은 유학 중이었던 터라 아버지 혼자 사시는 좁은 집에서 시작했습니다. 두 달의 시집살이를 겨우 채우고 미국 시골, 미시시피, 학생 부부 기숙사에서 온갖 중고 살림으로 버무린 신혼생활을 이어 갔습니다.

하지만 선한 일을 도모할 틈도 없이 신혼 네 달 만에 그녀는 중풍 환자의 며느리로 살아야 했습니다. 불평 한번 없이 그녀는 육 년을 그렇게 살아냅니다. 아이를 낳는 순간에도 그녀는 시아버지를 돌보는 며느리였습니다.

며느리에게 고맙단 말조차 제대로 못 하고 속절없이

떠난 시아버지 장례식장에 그녀의, 아니, 우리의 초등학교 친구들이 옵니다. 가장 솔직한 친구 왈, "저년 저거, 복도 많아. 시어머니 없는 집으로 시집가더니 시아버지도 일찍 가시네."

우연히 속삭이는 그 말을 들은 저는 웃음이 나와서 혼났습니다. 그 친구는 시부모 없이 살게 될 아내의 미래만 부러웠지, 중풍 환자의 며느리로 살아낸 아내의 신혼 육 년은 계산에 넣지 않았던 겁니다.

인생 고통 총량 균등의 법칙이라는 게 있는 듯도 합니다. 시댁 없는 아내의 인생, 남들은 부러워도 한다지만 아내는 명절 때마다 적적한 듯도 합니다. 외아들인 저로서는 아내가 시누이나 동서와도 친하게 잘 지냈을 것 같으니까요.

우리는 웬만해선 싸우지 않고 제법 잘 버텨냅니다.

싸움 총량도 일정하다면 6학년 때 붙어 앉아 다 싸운 탓일까요? 아낸들 왜 섭섭함이 없겠습니까마는 고마움을 더 크게 표현하며 재밌게 살고 있습니다.

지금 우리는 재밌습니다. 결말이 슬플 거라는 걸 알면서도 영화가 재밌는 것처럼 말입니다. 하지만 언제일지 모르는 그 슬픔도 잠시, 우리에게는 하늘나라가 있다는 것이 마지막 반전입니다. 열심히 살겠습니다.

신기한 ✎

초등학교 3학년 때부터 안경을 썼습니다. 그때부터 일 년에 두세 번씩 안과에 가서 안경 도수를 높이는 것은 그리 달갑지 않은 일이었습니다. 종로에 있는 신예용안과를 다녔는데, 엄마와 함께 안과에 갈 때마다 그래도 위안을 삼는 일이 있었습니다.

그건 바로 종로에 있는 화신백화점에 들르는 일이었습니다. 그곳에서는 에스컬레이터를 탈 수 있었기 때문입니다. 그게 왜 그렇게 신기하고 재밌었는지 잘 모르겠습니다. 에스컬레이터를 타고 오르면서 옆에 진열된 교복 입은 마네킹을 보며 얼른 중학생이 됐으면 좋겠다고 생각했습니다.

화신백화점 이야기를 하니 너무 옛이야기를 하는 것 같군요. 찾아보니 에스컬레이터는 1891년 처음 발명됐고, 1900년 파리박람회에서 선보였고, 우리나라에선 1941년 화신백화점이 처음이었답니다.

저는 1970년대에 에스컬레이터를 즐겨 탔고, 1980
년 1월, 그곳에서 교복을 맞췄습니다. 어쨌든 손잡이를
잡고 가만히 서서 저절로 움직이는 순간은 마치 구름
위를 나는 듯했습니다.

지금은 도처에 깔린 에스컬레이터에서 그렇게 서 있
어 본 적이 언제인가 싶습니다. 늘 분주하게 걸어 올라
가니까요. 에스컬레이터를 타는 모습도 사람 성향에 따
라 다릅니다.

첫째, 왼쪽 줄에서 걸어 올라가는 사람입니다. 다음
전철을 놓치지 않기 위해 달려가는 사람, 운동 삼아 걸
어 올라가는 사람, 가만히 서 있는 것을 답답해하거나
시간 낭비라고 느끼는 사람입니다.

둘째, 오른쪽 줄에서 느긋하게 서 있는 사람입니다.

세상 급할 것 없다고 여겨 에스컬레이터 본연의 기능에 몸을 맡기는 사람, 혹은 에스컬레이터 위에서 걷거나 뛰면 기계의 수명이 단축될 거라고 생각하는 사람, 항상 무슨 일이든 원칙과 이치대로 하는 사람입니다.

셋째, 에스컬레이터를 타지 않는 사람입니다. 운동 삼아 일부러 계단을 오르는 사람이 있고, 드물긴 하지만 사고가 날까 봐 에스컬레이터를 못 타는 사람도 있습니다. 대학 강의 중에 성격 유형 수업을 하다 보면 걱정과 염려가 많은 유형 중에 실제로 다칠까 봐 에스컬레이터를 못 타는 학생이 늘 한둘씩 있었습니다.

에스컬레이터는 백 년이 넘은 문명의 이기입니다. 예나 지금이나 어린이에게는 신기한 세상입니다만 이미 경험한 사람들에게는 다양한 이유로 자신만의 방법으로 이용하는 문명의 도구입니다.

가끔 에스컬레이터 입구에 '지금 뛰어도 못 타요. 제가 직접 소리 듣고 뛰어 봤어요.'라는 문구가 적힌 것을 봅니다. 한때 걸어 올라가는 사람을 비난한 적도 있었고, 왼쪽 줄에서 우두커니 서 있는 사람도 봅니다. 답답해도 비난할 일은 아닙니다. 그 사람은 타인의 속도에 관심이 없거나 상황이 보이지 않을 뿐입니다. 걷거나 뛰면 빨리 고장 난다는 속설도 거짓이랍니다. 그 어떤 경우라도 비난해 봐야 비난받은 사람은 자신이 비난받은 이유에 동의하지 않을 겁니다.

에스컬레이터 하나 타는 것도 마음이 다릅니다. 세상사 다른 일들은 오죽하겠습니까? 그러니 비난하려거든 그 사람의 마음을 먼저 헤아려 보십시오.

참, 해 보고 싶은 것이 있습니다. 예전에 한 예능 프로그램에서 체력 측정 방법으로 내려오는 에스컬레이터를 거꾸로 걸어 올라가게 한 적이 있습니다. 끊임없이 걸어야 에스컬레이터 위에서 버틸 수 있으니까요. 오래 머물려면 상당한 체력이 필요하겠죠. 그때 이후로 꼭 한번 해 보고 싶습니다. 저는 얼마나 버틸 수 있을까요? 혹시 하고 싶어도 지하철역에서 도전하시면 안 됩니다.

신속한 ✎

공항 나들이를 나가면 신속한 의사 결정을 해야 합니다. 무엇을 먼저 할지, 어느 줄에 설지 등을 정해야 합니다. 환전, 보험, 로밍…… 어떤 순서로 하는 것이 효율적인지 출국장 입구, 보안 검사, 출국 심사…… 어느 줄에 서야 먼저 갈지 등의 순간적인 판단이 필요합니다.

짧아 보이는 줄에 서도 꼭 복병이 한 사람 끼어 있고, 긴 줄에 서면 괜히 시간 손해 보는 것 같고, 막상 일찍 들어간다 해도 할 일도 없는데 말입니다. 꼭 판단의 성패가 앞으로의 여행의 기분을 좌우하는 것 같습니다. 에이, 오늘은 별로라고 생각하며 다시는 이러지 말고 순리대로 가야지 다짐하곤 합니다.

게이트로 가는 셔틀 트레인 안에서 중년 아내가 남편에게 말합니다.

"거봐. 여보, 당신이 로밍을 먼저 갔으면 우리 덜 기다렸다니까."

"그래 봐야 끽해야 오 분도 안 돼."

남편이 답합니다.

"네 식구가 오 분이면 이십 분이야. 인생을 그만큼 먼저 사는 거라고."

아내는 여전히 당당합니다.

인생에 정답은 없다 하니 각자 하고 싶은 대로 하고 사는 게 맞겠죠. 나와 비슷한 사람이 있어 위로되지만, 옆에서 들어 보니 그다지 좋아 보이진 않습니다.

진짜 다음부턴 순리대로 가렵니다. 신속한 결정을 위한 감정 소모도 크고요. 기나긴 인생 오 분 먼저 산들 부귀영화가 기다릴지, 사고가 기다릴지 누가 알겠습니까?

그 여행 내내 신속한 결정의 성공률은 낮았습니다. 심지어 다른 사람보다 돈을 더 낸 경우도 많았습니다. 하지만 그렇게 속상하지 않았습니다. 마음 하나 바꾼 건데 제가 좀 큰 것 같습니다.

　평생을 따지면 오늘 손해 본 돈과 시간은 언젠가 내가 본 이익의 반환입니다. 어차피 이렇게 번 시간, 저렇게 쓰고 이렇게 아낀 돈, 저렇게 낭비합니다.

　결국, 총량은 똑같습니다. 우리가 손해 본 것만 크게 보여서 미처 모를 뿐입니다.

싱그러운

책을 읽는 것조차 아까운 순간이 있습니다.

전주 출장길에 선배 집에 하루 머문 적이 있습니다. 캠핑 장비를 챙겨 섬진강 가에 자리를 잡았습니다. 미리 옥수수와 사과, 커피, 책을 챙겼습니다.

캠핑 의자에 눕자마자 스마트폰 음악을 켰습니다. 성민재의 더블베이스 연주 음반《Unplugged》입니다. 세상과 연결된 플러그를 뽑은 순간입니다. 흐르는 강물에 어울리는 배경음악입니다.

손대지 않은 자연스러움에 마음을 빼앗깁니다. 바람과 강물의 흐름을 느끼면서 책을 찾았습니다. 순간, 책 읽기에는 아까운 시간임을 깨달았습니다. 이 공간과 시간이 주는 기쁨을 책과 바꿀 순 없었습니다.

순간 풍광이 책이 됩니다.

나란히 선 나무들이 활자가 됩니다. 곧은 나무, 굽은 나무, 숙인 나무, 미처 못 자란 나무가 글자가 됩니다.

아직 하늘이라는 여백도 남아 있습니다.

산 위에 하얀 꽃나무가 벌채를 가까스로 모면한 모양입니다. 왼쪽은 민둥산인데 오른편 흰 꽃나무가 살아남았습니다. 강물의 흐름도 시시각각 바뀝니다. 흐르던 물길이 퍼지고 퍼지던 물길이 모입니다. 바람이 강에 글을 쓰는 모양입니다.

곳곳에 놓인 바위가 삽화입니다. 다들 왜 거기에 앉아 있는지 궁금합니다.

들꽃도 빼곡한 단어들입니다. 결코, 그냥 핀 것 같지는 않습니다. 카메라를 들이대는데 싫다는 듯 바람을 불러 몸을 흔듭니다.

시간이 흐르면서 안 보이던 것이 보입니다. 어려운 철학책을 읽듯 글자는 읽히는데 저자의 마음은 모르겠습니다.

나무도 강물도 들꽃도 바람도 분명 뭐라 말하는데 말이

짧은 나는 언어화를 시킬 수 없습니다.

그래도 위로가 되는 건 왜일까요?

바람이 싣고 온 냄새도 싱그럽습니다.

색안경도 벗고 모자도 뒤로 넘깁니다.

오롯이 자연을 그대로 받아들입니다.

순간의 그림은 카메라도 잡지 못합니다.

눈을 감고 바람을 느끼니 나무의 실루엣이 그려집니다. 내 마음에도 나무들이 꽤 있었던 모양입니다. 이 풍광을 놔두고 어느새 잠들까 봐 걱정입니다.

어느새 더블베이스와 피아노 소리가 잦아들었습니다. 음악 파일 폴더가 바뀌듯 자연의 소리가 켜졌습니다. 강물 소리, 바람 소리가 제법 악보를 지킵니다. 그러고 보니 음악을 듣기도 아까운 시간이었습니다.

흐르기 때문입니다. 강물이 흐르기 때문에 한결같은 풍광도 다르게 보입니다.

시간이 흐르기 때문에 같은 마음이 다르게 느낍니다.

제 인생도 흐른다면 매 순간 다르게 보일 겁니다. 어쩌면 모든 흐르는 것들은 싱그럽습니다.

바람도, 강물도, 시간도, 인생도 싱싱하고 맑은 향기가 있습니다. 코끝이 시원해지는 그런 향기 말입니다.

올라가는 기차 시간이 아득하게 느껴집니다.

기차 안에서 섬진강의 위로를 되새기렵니다. 이제 옥수수를 먹어야겠습니다.

아무리 그래도 먹기에 아까운 시간은 없는 모양입니다.

III장 ― 와장창

아픈

아련한

안쓰러운

아름다운

안타까운

연약한

외로운

용감한

애틋한

ㅈ

자랑스러운

조급한

젖은

짜증스러운

짧은

책 같은

창피한

충실한

ㅊ

와장창.
유리창이 깨졌습니다.
"도대체 누구 짓이니?"
혹시 이러지는 않으셨습니까?
뛰어놀던 아이들 눈이 동그래졌습니다.
한 아이의 팔뚝에 핏줄기가 비칩니다.
"내 이럴 줄 알았어. 그러게 뛰어다니지 말랬지?"
제발 이러지는 않으셨으면 합니다.
실수한 아이들도 위로를 기다립니다.
누구의 인생이든 와장창할 때가 있습니다.
"어디 다친 데는 없니?"

아련한 ✒

어느 날 갑자기 도착한 메일 한 통.
"곧 개인 메일함의 용량이 초과합니다."

아하, 메일함을 비워야 할 때가 됐나 보군요. 그러고 보니 지우지 않은 지 꽤 된 모양입니다. 메일을 처음 쓰기 시작할 때부터 저는 줄곧 지웠습니다. 읽자마자 지우고, 보내자마자 지웠습니다. 왠지 그래야 할 것 같았습니다. 그냥 지나간 것들을 지우고 싶었습니다.
지우지 않으면 무언가 할 일을 하지 않은 것 같은, 남의 집에 내가 쓰던 물건을 놔둔 것 같은 느낌이었습니다.

언젠가 〈아침마당〉에 출연한 정신건강의학과 선생님 왈.

"메일함을 굳이 비우려 하지 마세요."
메일을 지우는 것도 일종의 강박이라는 겁니다. 하지

않아도 되는 일은 하지 말자는 거였지요. 초기에는 용량이 적었지만, 언젠가부터 충분한 용량이 주어진 터라 굳이 지울 필요도 없었습니다. 강박증이 아니란 걸 보여 주고 싶어 언젠가부터 지우지 않았습니다.

지우지 않아도 아무렇지 않았습니다. 하루하루 옛 메일이 쌓여 가도 찜찜하지 않았습니다. 메일함의 숫자가 늘어 가고, 언제부턴가 999에서 멈춰도 괜찮았습니다.

그랬던 메일함이 이제 용량 초과를 앞두고 있던 겁니다. 안 지워도 너무 안 지운 겁니다. 하루 마음을 잡고 대청소라도 할 요량으로 메일함을 열어서 받은 메일함의 맨 처음으로 갔습니다.

그런데 이게 웬일입니까?

십사 년 전이더군요. 수천 개의 메일이 떡 버티고 앉아 제 인생의 지난 십사 년을 말해 주고 있었습니다.

한 번에 지우려니 왠지 아쉬워 하나하나 보낸 사람 이

름이라도 되짚어 봤습니다. 왠지 끌리는 제목이나 추억의 이름이 눈에 들어오면 편지를 열어 봤습니다.

아련한 과거가 지금의 책상 앞에 펼쳐지기 시작했습니다. 보이는 것들도, 들리는 것들도, 이제 희미하고 멀어져서 내 경험이 아니라 책 속에서 읽은 것인 줄 알았던 내 과거 말입니다.

심지어 다른 메일함에 따로 모아 놓은 편지들도 있더군요. 제가 밴쿠버에 살던 삼 년 시기는 유난히 절절한 글들이 많았습니다. 객지에 살던 그 헛헛한 마음이 고향 사람들에게 보낸 글들에 녹아들어 있었습니다. 내가 그때 그런 생각을 했는지도 미처 몰랐습니다.

조금 당황스럽기도 했습니다. 도무지 기억나지 않는 이름과 글들도 있었기 때문입니다. 겨우 십여 년 전인데도 말입니다. 다시 한국에 돌아온 이후 메일들은 주로 업무용이었습니다.

역시 타지에 떨어져 살아 봐야 사람도 소중해지고 삶도 애틋하게 들여다보는 모양입니다.

꽤 시간이 걸렸습니다. 하나하나 읽어 보고 추억을 소환했기 때문입니다.

그때 내가 왜 그렇게까지 썼을까 하는 부분도 있었습니다. 그땐 마흔 무렵이고 지금 쉰을 훌쩍 넘겼으니 더 그렇겠지요. 지우지 말고 그대로 놔둘까 생각도 했습니다. 환갑 지나 읽어 보면 재밌을 것 같기도 했습니다.

그런데 지금 읽어도 낯설고 당황스럽기까지 한데, 십년 후엔 더 힘들겠다 싶었습니다. 살아온 세월을 십 년 지나 다시 되새긴 것만 해도 소중하게 느껴졌고, 그 소중함은 여기까지구나 싶었습니다. 결국, 내가 쓰는 세 개의 메일함을 모두 비웠습니다.

이제 다시 새롭게 시작입니다.

당분간은 텅 빈 메일함이 좋아서 아마 수시로 지울 겁니다. 하지만 시간이 흐르면 또 내버려 두겠지요. 그리고 시간이 쌓이면 지금이 아련한 과거가 되고, 그 과거는 추억으로 소환될 겁니다.

참, 모든 과거가 추억은 아니더군요.

기억이 아닌 추억으로 말할 수 있는 편지는 몇 안 됐습니다. 심지어 그때의 생각과 감정과 느낌이 당황스러운 것도 꽤 있었으니, 우리가 망각하는 동물이라는 것이 참 고마워졌습니다. 내가 잘 잊는 존재임과 동시에 내게 개인 메일함이 있다는 것도 또 고마운 일이군요.

아득함이 이제 텅 빈 메일함으로 새로운 그림을 그려 나갑니다.

아름다운

어느 가을, 출장으로 북한에 갔었습니다.

남북 교향악단 합동 연주회 진행을 위한 평양 방문이었습니다. 문화계 방문단이 함께 갔었고, 일정 사이에 고맙게도 백두산 방문 기회가 있었습니다.

힘들게 백두산 정상에 올랐습니다. 일 년에 열흘 정도 허락한다는 정말 맑은 날씨였습니다. 모습을 드러낸 천지연은 내 마음을 사로잡기에 충분했습니다. 백두산의 신비에 천지가 영험함을 더하고 하늘이 도운 기가 막힌 풍광이었습니다. 연신 카메라 셔터를 누르고, 동영상 카메라를 돌려댔습니다.

근데 이게 어인 일입니까?

얼마 되지도 않아 이제 내려갈 때가 됐으니 다시 모이라는 지도원의 이야기가 들렸습니다. 나는 아직 제대로 보지도 못했는데 말입니다. 눈에는 담지 못하고 렌즈를 통해서만 봤는데 말입니다. 조급한 마음에 눈으로 둘러봤지만 마음의 평화는 이미 빼앗긴 후였습니다.

돌아오는 길에 얼마나 후회했는지 모릅니다. 우리가 기계에 얼마나 많은 것을 맡기고, 빼앗기고 있는지 깨달았습니다.

사진이 남는다 한들, 동영상을 볼 수 있다 한들 저의 눈을 통해 담아 놓은 기억만 하겠습니까?

아름다운 것은 기계에 맡기지도 빼앗기지도 마십시오. 아름다운 것은 아름다운 당신의 눈에 맡기십시오.

아픈

어느 겨울, 과수원집 아들이었던 목사님과 대화를 나눈 적이 있습니다. 사업을 접고 과수원을 하게 된 아버지를 따라 청소년 시절 감나무 농사를 도왔었다고 합니다. 그 때는 그 일이 그리도 싫고 힘들었는데, 그때 배운 것들이 이제야 온전한 지혜가 됐다고 자랑 아닌 자랑을 하시더군요.

"흔히 까치가 쪼아 먹은 상처 난 감이 맛있다고 하잖아요. 마치 까치가 다디단 감을 잘 알고 쪼아 먹은 것처럼 말들 하는데, 까치가 어찌 알겠어요? 열매가 다치고 나면 맛있어지는 거죠. 그게 말이지요. 나무가 상처 난 열매가 안쓰러워서 어떻게든 살려 보려고 영양분을 과다 공급하는 거랍니다. 열매 생각하는 건 나무밖에 없다니까요."

나무는 열매의 부모입니다. 그 마음으로 다친 열매가 안타까웠던 모양입니다. 뿌리로부터 영양분을 끌어들여 상처 난 열매를 어떻게든 보듬어 보려고 무리해서 양분을

보낸답니다. 움직이지 못하는 식물도 자기 자식 보듬을
줄 알건만 하물며 사람은 어떻겠습니까?

아들아이는 실패가 잦았습니다. 운도 안 따라 줬습니
다. 초등학교 추첨부터 떨어지더니 중학교도, 고등학교도
원하는 곳에 가지 못했습니다. 대학도 정시, 수시 합쳐서
스무 번쯤 떨어지고 나서야 들어갔습니다. 그때마다 자기
도 힘들 텐데 떨어진 친구들을 격려한다고 돌아다니던 녀
석입니다.

시험을 앞두고도 입원한 친구에게 매일 필기한 공책을
갖다 주던 아들이었고, 깁스하고 학교 다니던 친구의 하
교를 매일 돕던 아들이었습니다. 시험 공부를 제대로 못
한 친구들 챙긴다고, 시험 전날도 애들과 모여서 공부하
던 아들이었습니다.

코 빠뜨렸다고 속상해하면서도 친구들 아픔 헤아리는
아들을 혼낼 수 있겠습니까? 실속 안 차리고 네 주제에 남
챙긴다고 꾸짖겠습니까? 실수가 실패로 이어지는 교육

제도가 누구 잘못이냐 따지는 것은 이제 의미가 없어졌습니다. 마음에 생채기 난 아들이 다시 일어서도록, 실패가 아님을 깨닫도록 격려의 영양분을 과다 공급하는 수밖에 없지요.

나무가 열매를 맺는 이유는 소유하기 위해서가 아니라 나눠 주기 위해서랍니다. 만약 열매를 따지 않고 그냥 놔두면 나무는 골병들어 죽게 된답니다. 결국, 우리 삶이 나무라면 작은 열매라도 맺어 남을 주기 위함이 아닐까요? 아들에게 말합니다.

"아들아, 네가 겪은 아픔들은 분명 너에게 좋은 거름이 될 거다. 부디 커서 나무처럼 배워서 남 주는 사람이 되어라. 못난 아빠가 아빠도 못 한 걸 부탁하는구나. 그래도 고맙다. 아들."

안쓰러운

아들아이가 고3 때 가장 힘들었습니다. 아버지로서 아무것도 해 줄 수 없었기 때문입니다. 수능을 며칠 앞두고 제 마음도 아들아이의 마음도 바짝 타들어 가고 있었습니다.

백년대계의 부실함과 입시 제도의 아쉬움은 뒤로하고, 일단 이 제도에 맞춰서 꾸역꾸역 대학에 보내야 했습니다. 이런 냉혹한 현실에서 무엇을 배울 수 있을까도 생각했었습니다.

제가 대학에 들어가던 때만 해도 한두 번만 떨어지면 재수를 해야 했습니다. 아들아이 때는 수시 여섯 번, 정시 세 번의 기회가 있으니 아홉 번을 떨어져야 재수의 길로 접어드는 겁니다. 대학들이 입시전형료로 건물 하나 세우겠구나 하는 야속한 생각에 앞서 탈락의 아픔을 여러 번 느껴야 하는 아들이 안쓰러웠습니다.

이미 수시전형에서 낙방의 고배를 여러 번 들이켠 아들은 그때마다 친구들과 아픔을 달랬습니다. 늦은 밤에 함께 치킨을 먹거나, 집 근처 마포대교를 걸어서 건너갔다 왔다고 하더군요. 자율학습이 끝나는 열한 시에 전화를 걸어 오늘은 아무개가 불합격 소식을 들었으니 그 친구를 위로하느라 조금 늦겠다고 합니다.

아무리 수능이 코앞이라도 친구 위로하겠다는데 야박하게 굴 수도 없었습니다. 부모의 위로보다 친구의 위로가 명약이라는데 말입니다. 무심코 마주친 아들에게 한마디 건넸습니다.

"아들, 이것도 다 인생이야. 탈락도 연습이 필요하거든. 일곱 번만 탈락하고 붙으면 좋겠다."

"아빠, 탈락 연습도 좋지만, 난 위로 연습 중이야. 일흔 번만 위로하고 다들 붙으면 좋겠어."

안타까운 ✒

운동회를 앞둔 나의 소박한 꿈은 이어달리기 반 대표가 되는 것이었습니다. 달리기를 영 못하는 것은 아니었지만 칠십 명의 아이들 중 네 명의 대표가 될 정도는 아니었습니다. 간혹 후보에 이름을 올리는 것이 고작이었습니다.

저는 이어달릴 때 주고받는 바통이 그렇게 만져 보고 싶었습니다. 하지만 후보에게는 기회가 주어지지 않았습니다. 연습 경기조차 후보는 참여할 수 없었으니까요. 이어달리기가 끝난 어느 운동회 날, 본부석에 가서 바통을 만져 본 적이 있습니다.

어느 것은 무척 지저분하고 어떤 것은 유독 먼지 하나 묻지 않고 깨끗했습니다. 짐작은 가능합니다. 손에서 손으로 실수 없이 건네진 것들은 깨끗한 몸을 유지했을 것이고, 누군가의 손에서 떨어져 나간 것은 흙먼지를 뒤집어썼을 테니까요.

유독 연애를 일찍 시작했고, 유독 자주 여자 친구가
바뀌는 친구가 있었습니다. 저는 제 주변머리와 상관없
이 이 친구의 만남과 헤어짐을 주로 상담하는 역할을
맡았습니다. 상담의 주 임무는 듣기였으니까요.

친구의 이야기를 들으면 들을수록 이 친구가 바통
같다는 생각을 했습니다. 마치 이어달리기를 하는 이성
친구들이 이 친구를 바통 삼아 넘기는 것 같았습니다.
자신은 대단한 것처럼 떠벌리지만 상대방이 오히려 떠
넘기는 것 같았습니다.

잘 건네져서 무사히 골인하면 다행이지만 중간에 누
가 떨어뜨리기라도 하면 이 친구는 흙먼지 범벅이 됩니
다. 결혼 후에도 외도를 하는 건 아니지만 여전히 이성에 대한 관심을 거두지 못하는 걸 보면 안타깝기까지 합니다. 자신이 카사노바가 아니라 바통이라는 것을 얼른 깨달았으면 좋겠습니다.

아, 물론 진짜 잘생기고, 성품도 좋고, 능력도 있어서 이성들이 줄을 잇는 사람도 있습니다. 하지만 그런 사람은 결코 이어달리기의 바통이 되지 않습니다. 절대 넘겨지지 않을 테니까요.

애틋한

이십 대 끝 무렵, 미국 유학 시절 때의 일입니다. 홀로 계시던 아버지께서 중풍으로 쓰러지시는 바람에 신혼이었던 우리는 급히 귀국하여 병원 생활을 시작했습니다. 좌측 반신 마비로 거동이 불편하시던 아버지 곁에서 밤낮없이 간호해야 했던 그 생활은 인생의 큰 전환점이 되었습니다.

저는 아버지가 갓난아기인 제게 해 주셨던 것들을 그대로 해 드리고 있었습니다. 기저귀 갈기, 밥 먹여 드리기, 걷기 연습, 말하기 연습 같은 것들 말입니다.

그러다가 병원 보조 침대에 누워서 텔레비전을 무심코 바라보는데, KBS 신입사원 모집 공고가 흘러나왔습니다. 저는 순간 어린 시절 꿈이 떠올랐습니다. "나도 아나운서나 한번 해 볼까나." 무심코 던진 한마디에 아내는 대답이 없었습니다.

다음 날, 매일 도시락을 싸 오던 아내가 어쩐 일인지 소식이 없었습니다. 점심때가 다 되어 도착한 아내는 여의도에 들러 입사 지원서를 받아 왔습니다. 그 이후에 저는 우여곡절 끝에 시험을 치렀습니다. 드디어 아나운서 합격 소식에 같은 병실 식구들은 뛸 듯이 기뻐했습니다.

KBS 아나운서로 입사하여 병원에서 출퇴근하며 받은 혹독한 연수가 끝났습니다. 일 년 동안 지역에서 근무해야 하는 회사 방침에 따라 춘천으로 발령이 났습니다. 춘천에서는 새벽에 일어나 아침방송을 하고 오후에 퇴근했습니다. 퇴근하면 서울에 있는 병원에 들렀다가 두 시간 정도 아버지와 함께 시간을 보낸 후에야 막차를 타고 다시 춘천으로 내려갔습니다. 그런 일상이 반복되었습니다.

그러던 어느 날, 백혈병으로 고통받는 성덕 바우만의 이야기가 전해졌고, 골수 기증 캠페인이 펼쳐졌습니다. KBS에서는 전국 각 도시를 연결하는 특별 생방송을 했습니다. 저는 춘천 명동에서 중계차를 탔습니다. 처음으로 텔레비전에서 제 얼굴을 확인하게 된 아버지와 병실 식구들은 기대 반 우려 반으로 텔레비전을 시청했습니다.

방송을 끝내고 늦은 저녁 서울에 있는 병실을 찾았을 때, 병실 식구들은 마치 당신들의 아들이 방송에 나온 것 이상으로 기뻐해 주었습니다. 모두 칭찬의 말을 아끼지 않았고, 다들 대한민국을 대표하는 아나운서가 될 것이라며 미래를 축복해 주기도 하였습니다. 당시 아버지께서는 중풍 후유증 치료를 위해 재활의학과 병동에 입원 중이셨습니다. 말씀을 못 하시던 아버지도 아들을 눈물로 격려해 주셨습니다.

칭찬과 흥분이 다소 가라앉을 무렵, 병실 창가 쪽 침대에 있던 한 중년 환자가 나를 불렀습니다. 그분은 사고로 두 다리를 잃고 의족을 붙인 후에 적응 훈련을 하고 있었습니다.

"수고했소. 화면이 잘 받더군, 말솜씨도 수려하고. 그런데 그래 골수 기증은 했소?"

"네? 아! 골수 기증이요? 아, 아니요."

"아, 그래. 아마 여유가 없었던 모양이군. 그러면 혹시 헌혈은 했소?"

"아, 네. 그게 좀, 제가 미처 생각을 못 했네요."

"아, 그랬군. 난 그냥 하도 골수 기증하라고 말을 잘하기에. 당연히 했거니 싶어서 물어본 거지. 신경 쓰지 마시오."

다소 들떠 있던 나는 물벼락을 맞은 것처럼 큰 충격을 받았습니다. 이 땅에 고통받는 수많은 백혈병 환자들을 위해 골수 기증을 하라고 외쳤던 나는 부끄럽게도 알맹이 없는 빈말을 하고 있었습니다.

행함 없는 믿음보다 무섭고 초라한, 행함 없는 설득. 나의 자신감 넘치는 외침은 허공의 메아리처럼 의미 없이 울리고 그저 그렇게 사라져 버렸던 것입니다.

병실을 빠져나와 춘천으로 가는 마지막 기차에서 나는 앞으로 평생 잡게 될 마이크에 대해 많은 생각을 했습니다.

요즘도 나는 일 년에 몇 차례 헌혈합니다. 물론 골수 기증 신청도 했습니다. 그리고 연말연시 어려운 이웃을 돕기 위한 특집 방송을 할 때는 하다못해 만 원짜리 한 장이라도 모금함에 넣기 위해 애씁니다.

매일 방송에서 만나는 사람들이 내 몇 마디 말 속에서 꽉 찬 알맹이를 느끼고, 힘든 세상에서 작은 위로라도 받기를 기도할 뿐입니다.

그 일을 잊을 만큼 충분한 시간이 흐르고, 대한적십자

사에서 전화가 왔습니다.

"조혈모세포 기증하셨죠?"

"네, 그렇습니다만…… 아주 오래전인데요?"

"지금 유전자가 맞는 희망자가 나타나셨거든요. 아직
도 기증을 희망하시는지요?"

"아, 네, 그렇긴 합니다만……."

"네, 감사합니다. 가족들도 동의해야 합니다. 한번 상의
해 보고 말씀해 주시겠습니까?"

물론 우리 가족은 두 팔 벌려 환영했습니다. 이런 영광
이 어디 있겠냐는 뜻이었습니다. 수혜 대상자는 사십 대
후반의 가장이랍니다. 마지막 방법으로 이 수술에 기대를
걸고 있다고 했습니다. 그들의 간절함이 느껴졌습니다.

두 달에 걸쳐 유전자 검사가 진행됐습니다. 하지만 안
타깝게도 적합도가 기대보다 떨어진다는 결과였습니다.

그래도 가능성은 있으니 다른 기증자를 기다려 보고 만약에 없으면 다시 연락을 주기로 했습니다.

저는 그 후로 건강을 챙기며 지금도 연락을 기다리는 중입니다.

연약한

당신의 마음만큼 연약한 존재는 없습니다.

당신의 마음만큼 강한 존재도 없습니다.

그래서 당신의 마음은 알다가도 모른다고 합니다.

외로운

카뮈의 말처럼 우리에게 놓인 거대한 외로움이야말로 우주가 얼마나 큰 것인지를 가르쳐 주는지 모르겠습니다. 아무리 고민해 보아도 외로움은 글로 바뀌지 않습니다.

"홀로 되거나 의지할 곳이 없어 쓸쓸하다."

사전이 말하는 감정만이 외로움이라면 저는 아직 외롭지는 않습니다.

"외아들이세요? 아휴, 외로워서 어떡해요?"

"아들 하나만 두셨어요? 외롭겠네요. 특히 장례식 때가 외롭죠."

외아들이 마치 외로움의 자격증인 양, 커 가면서 사람들은 제게 외로움을 강요했습니다. 하지만 저는 외아들이라서 외롭지는 않았습니다. 만약 그랬다면 어떻게든 제 아들을 그리 놔두지는 않았겠지요.

물론 제가 느끼는 외로움도 있습니다. 그래도 내 공간에 사람이 없어서 느끼는 감정만은 아닐 겁니다.

외아들이 아니어도, 외로울 수는 있습니다.

마치 당신처럼 말입니다.

아무도 위로해 주지 않을 때, 그 외로움은 흐물흐물한 형상을 만듭니다.

아무도 위로해 주지 않을 때, 외로워했습니다. 외로움을 표현하지 못해 더 외로워했습니다.

외로움을 밀어내지 못했고, 외로움은 삶을 삼켰습니다.

적어도 저는, 외로움을 언어화할 수는 없습니다. 하룻밤을 꼬박 새워도 말입니다.

외로움은 사람이 없어서 느끼는 감정이 아니라, 외로움은 위로가 없어서 느끼는 감정입니다.

언어로 바꿀 수 없는 외로움을 뒤에 두고, 꾸물거리는 외로움을 위로로 달래 봅니다.

외로움.

위로.

외로움을 위로하기 위해, 외롭지 않아 보이는 사람을 따라가기로 했습니다.

바로 여행하는 사람들입니다.

아무리 혼자여도 여행자는 외롭지 않습니다. 머물지 않기 때문입니다. 넘어진 곳에서도 다시 일어서기 때문입니다.

그들은 여행 중에 위로를 받습니다. 낯선 곳에서 받는 위로마저 그들의 외로움을 녹여냅니다.

우리가 외로운 이유는 위로가 없는 공간에 머물기 때문입니다.

이제 떠나 보시겠습니까?

제가 동행하겠습니다.

당신을 위로하면서.

아침마다 새로운 여행을 떠나면서

아침마다 당신을 위로합니다.

용감한

수년 전, 미국 동부 지역 유학생 대상 세미나에 참석한 적이 있습니다. '소통'과 '스피치'에 대한 강의를 하고 '상담'이라는 명분 아래 학생들을 일대일로 만났습니다.

제가 직접 문제를 해결해 줄 수는 없었습니다. 그래도 그들은 말하는 것만으로도 시원해하고 저도 고민과 애환을 통해 제 삶을 돌아보는 좋은 기회였습니다.

요즘 청춘의 고민은 유학생이라고 크게 다르지 않았습니다. 청춘이 느끼는 불안은 불확실한 미래에서 오겠지요. 어쩌면 청년들에게 부족한 것은 능력이 아니라 용기일지도 모릅니다. 학생들과 대화를 나눌 때마다 몇 가지 용기 이야길 계속하게 됐습니다.

첫째, 실수해도 되는 용기입니다. 똑똑한 청춘은 실수가 두려워 혹은 실패가 두려워 도전하지 못하는 경우가 많습니다. 구더기 무서워 장 못 담근다고 실수가 인생의 구더기가 될까 봐 그런 모양입니다. 유학생들은 서양 학생들과 경쟁하면서 작은 발표에서조차 틀리면 안 된다는 강박관념에 또 다른 두려움을 낳습니다. 그 두려움은 실수해도 되는 용기로 이겨낼 수 있을 것입니다.

둘째, 인정받지 못해도 되는 용기입니다. 인정욕구는 인간의 본능입니다. 하물며 청춘은 어떻겠습니까? 하지만 자신이 인정받지 못할까 봐 두려워 말하지 못하는 것들이 참 많습니다. 선배에게, 상사에게, 교수에게 잘못 보여 불이익을 당할까 봐 신념과 가치관을 굽히기도 한답니다. 인정욕구는 두려움을 키웁니다. 그러나 섣불리 받은 인정보다 내가 지킨 원칙이 더 소중합니다.

셋째, 평범해도 되는 용기입니다. 청춘은 늘 최고가 되고 싶습니다. 저도 그랬습니다. 성공에 목마르고, 그 성공이 인생을 좌우한다고 생각합니다. 작은 실패들이 성공을 방해한다고 생각하여 바로 좌절하고 포기합니다. 인생은 평범해도 행복할 수 있습니다. 많은 인생이 평범해서 행복합니다.

청년 시절을 돌이켜 보면 용기가 없어서 힘들었던 적이 한두 번이 아닙니다. 물론 두려움이 인생의 자양분이 되기도 했습니다. 하지만 두려움을 용기로 이겨냈으면 삶이 풍요로웠을 텐데, 하는 아쉬움도 있습니다. 결국, 저는 용감하지 못했으면서 청춘에게 용감하라고 당부하는 것은 기성세대의 오만인지도 모르겠습니다.

물론 현실에는 실수할 기회조차 없는, 그저 '평범'에라도 이르고 싶어 하는 수많은 청춘이 있습니다. 견디라고 말하기엔 미래가 불확실합니다. 우리가 누린 만큼은 물려줘야 하는데 말입니다. 무엇보다 기성세대의 한 사람으로 가장 미안한 것은 청년들에게 불안한 시대를 물려줬다는 것입니다. 참 미안합니다.

자랑스러운

"그저 공부 못하는 것들은 싹 쓸어서 쓰레기통에 버리든지 해야지……."

한여름 찜통 교실에서 야간 자율학습을 하는 학생들에게 학생주임이 한 말입니다. 갑자기 날아든 나방 때문에 한바탕 소동이 벌어진 열등반 교실에서였습니다. 소동의 원인을 공부 못하는 학생 탓으로 일축한 것입니다.

공부를 잘하지 못한다는 이유만으로 여러 질책을 받는 학생들이 있다고 합니다. 친척들에게 떳떳하지 못해 명절의 기쁨을 누리지 못한다거나, 학교에서는 '반 평균을 깎아 먹는 놈'이라는 욕설을 밥 먹듯이 듣기도 한답니다. 성적표가 나온 날에는 엄마에게 밥을 더 달라고 말하는 것조차 미안해하는 아이들도 있다고 합니다.

이러한 교육 현실을 보면서, 청소년들이 오로지 '공부'라는 한 가지 기준에 의해 천편일률적으로 재단 당하는 모습에 심한 충격을 받았다고 합니다.

다름 아닌 〈접속 신세대〉, 〈도전 골든벨〉 같은 대표적인 청소년 프로그램을 만든 강성철 PD 선배의 이야기입니다.

아마 누구나 철저히 공감하는 얘기일 겁니다. 물론 저는 이런 이야기를 들어야 할 정도로 공부를 못한 것도 아니었고, 그렇다고 담임 선생님의 기대를 한 몸에 안고 전교 등수 시장에서 훌륭한 상품성을 띠고 경쟁의 대열에 서서 전교 몇 등 밖으로 밀려났다고 밤새 머리 싸매고 공부할 만큼 영특한 학생도 아니었습니다.

흔히 '잊지 못할 스승'이라 함은 나의 인생에 중대한 영향을 미쳤다거나, 혹은 등록금이 없어 학교를 더 이상 다니지 못할 상황에서 그 문제를 해결해 주었다는 식의 모습들을 떠올릴 수 있습니다. 또는 속칭 '날라리' 혹은 '양아치'의 반열에서 선생님의 눈물 나는 충고를 듣고 마음을 바꿔 일류 대학에 합격했다거나 하는 경험을 통해 나오는 아주 감동적인 글이어야 하겠지만 아쉽게도, 어쩌면 불행하게도 제게는 그런 드라마틱한 경험이 없습니다.

지금 제가 기억을 되살려내고자 하는 선생님은 제게 따뜻한 말 한번 건넨 적이 없고 다정한 눈빛조차 보낸 기억이 없습니다. 아마 그 선생님은 저를 기억 못 하실 겁니다.

고1 때였습니다. 작은 키에 수더분하고 다소 촌스러움이 묻어나는 서른세 살 노총각 국어 선생님은 담임으로는 만점이었습니다. 종례는 늘 "별일 없지? 오늘 수고했다. 이상!" 단 세 마디로 마무리됐기 때문입니다. 상급 학교로 진학했다는 설렘보다는 지레 겁먹은 중압감으로 선생님이 주는 스트레스에 대한 두려움이 더 컸던 새내기들로서는 더할 나위 없이 좋은 담임이었습니다.

한 달이 지났을까? 선생님은 지나칠 정도로 말이 없으

216

셨습니다. 따뜻한 말은커녕 작은 관심조차 없는 듯 보이는 무뚝뚝한 선생님은 우리에게 무관심한 사람, 혹은 우리를 포기한 사람이라는 전반적인 평가를 내리게 했습니다. 심지어는 매달 시험이 끝나고 붙는 전교 등수 벽보에 우리 반의 이름을 자랑스럽게 올려놓는 몇몇 주력 상품들에게도 선생님은 전혀 관심이 없으셨습니다.

중간고사가 끝났을까. 선생님의 종례 시간은 조금씩 변하고 있었습니다. 몇몇 아이들의 이름을 부르며 "어젯밤에 어디 갔었니?" "야 이놈아, 열 시가 넘도록 집에 안 들어가면 어떡하니?" "엄마가 별말씀 안 하시던?" 하는 질문을 던지셨습니다. 그런데 이상하게도 조금은 당황스럽게 느껴지는 질문을 받는 아이들의 답변은 무척 자연스러웠습니다. "다 아시면서……." "오늘은 일찍 들어갑니다." 같은 아주 친근감 있는 짧은 대화가 오고 가는 것이었습니다.

이런 대화의 주인공은 우리 반의 주력 상품들이 아니라

조금은 미안한 표현이지만, 퇴출 유력 상품들이었습니다. 평상시에 학생주임의 호출이나 담임이 교장 선생님께 혼나는 이유가 되는 그런 아이들이 선생님과 스스럼없는 대화를 하고 있었습니다.

후에 알고 보니, 선생님께서는 반에서 문제를 일으킬 만한 아이, 지나치게 조용하고 친구들과 잘 못 어울리는 아이, 형편이 어려운 아이, 일 년 내내 선생님은 물론 친구들의 관심을 한 번도 끌 수 없을 것 같은 아이들 이십여 명과 거의 매일 밤 전화 대화를 나누고 계셨습니다. 소외된 이웃의 진정한 친구라고나 할까요? 시골에서 올라오신 노총각 선생님이 밤마다 자취방에서 무슨 일을 할 게 있겠습니까?

덕분에 밤거리를 방황하고 싶었던 친구들도 선생님의 전화를 받기 위해 일찍 들어가야 했습니다. 학교에서 외로움에 충만해 있던 아이들도 집에서 선생님 전화를 받는 순간만큼은 어느 반의 반장도 부럽지 않았을 겁니다.

　물론 선생님은 주력 상품들에게는 전화를 안 거셨습니다. 만약 그러셨다면 선생님의 월급으로는 전화비를 감당할 수 없으셨을 겁니다. 이런 사실이 밝혀지면서 선생님의 지지율은 하늘을 찔렀습니다.

　교내 체육대회 때였습니다. 종합 우승을 차지한 반의 담임에게 양복 한 벌을 준다는 소문이 돌았습니다. 변변한 양복 한 벌 없이 회색 콤비 웃옷 단벌 신사였던 선생님을 위해 우리는 쉽게 뭉쳤습니다. 제가 맹활약한 농구가 우승을 차지하며 기대를 했건만 아쉽게도 준우승에 그쳤습니다.

　우승 양복은 우리 학교 베스트 드레서, 옆 반 교련 선생님에게 돌아갔습니다. 참 불공평하지요. 체육대회 다음 날 종례 시간, "너희들이 나 양복 해 주려고 열심히 했다며? 짜식들……." 물론 그게 전부였습니다.

우리 반은 반 평균 하위권을 맴돌았습니다. 뭐 하나 잘하는 것도 없고, 다른 교과목 선생님들로부터 사소한 칭찬 하나 들을 거리 없는 그런 아이들이었지만 선생님은 아무 말씀 없으셨습니다. 수학이 지겹고, 영어가 짜증 나고, 지리 시간에 두들겨 맞고, 음악 시간에는 떠들었지만 종례 시간만은 즐거웠습니다. 아니 즐거울 틈도 없이 짧았습니다.

그러던 어느 날, 테니스를 즐겨 치던 선생님의 회색 콤비 상의를 근처에서 농구를 하고 있던 제가 받아 들게 됐습니다. 우연히 떨어진 지갑 속에서 선생님의 주민등록증을 보게 됐습니다. 정말 우연이었습니다. 바로 내일이 생신이더군요. 우리는 또다시 쉽게 뭉쳤습니다. 십 원, 백 원짜리 동전을 모아 아주 큰 생일 케이크를 준비했습니다. 만약 반장이 모으려고 했다면 힘들었겠지만 워낙 서민층의 지지가 막강했던 터라 우리는 적지 않은 돈을 모을 수 있었습니다.

선생님의 생일 종례 시간, 우리는 촛불을 켜 놓고 교실로 들어서시는 선생님을 향해 생일 축하 노래를 불렀습니다. 노래가 끝나고 박수가 나왔습니다. 하지만 선생님은 촛불을 끄지 않으셨습니다. 정적이 흐르고 누가 먼저랄 것도 없이 〈스승의 은혜〉 노래가 이어졌습니다. 어느덧 선생님의 눈에는 눈물이 흐르고 있었습니다. "삼십삼 년을 살면서 생일에 케이크를 받아 본 건 처음이다." 하시면서 선생님은 말을 잇지 못하셨습니다.

시골에서 가난한 어린 시절을 보내고 서울에서 자취 생활을 하는 노총각 선생님께서 언제 생일 케이크를 받아 보았겠습니까? 눈물을 훔치며 선생님은 촛불을 끄셨습니다. 우레와 같은 박수가 이어졌습니다. 교무실에서 다른 선생님들과 나눠 드시라는 우리의 요구를 뒤로하고 선생님은 케이크를 일일이 잘라 육십 명 모두의 입에 친히 넣어 주셨습니다. 그날 우리 모두의 얼굴은 케이크 범벅이 되어 버렸습니다.

그로부터 다시 평온한 한 달이 지났습니다. 종례 시간에 들어오신 선생님은 우리에게 제과점 소보로빵 한 개씩을 나눠 주셨습니다. "오늘이 진짜 내 생일이다. 난 주민등록이 음력으로 돼 있거든, 맛있게 먹어라. 이상." 그날 선생님의 표정이 아직도 눈앞에 선명합니다.

젖은

일상의 웬만한 물건들은 젖어도 그 형상을 잃지는 않습니다. 옷도, 신발도, 가방도 그냥 마르면 됩니다. 심지어 요즘은 스마트폰도 그렇습니다.

그런데 책은 그렇지 않습니다. 자신의 원래 형상으로 결코 돌아오지 못합니다. 물이 조금 묻자마자 금세 닦고 말려도 모서리에 얼룩이 남고, 비라도 맞으면 우글쭈글, 젖은 책을 햇빛에라도 내어 말리면 끝장입니다.

도대체 왜 그럴까 궁금합니다. 혹시 책의 전생이 나무이기 때문일까요? 물을 먹고 쑥쑥 자라던 나무 시절이 생각나 물만 보면 사족 못 쓰고 빨아들이는 걸까요? 게다가 그리운 햇빛이라도 받으면 제 몸이 뒤틀리는지도 모르고 받아들이는 걸까요?

조급한

일상에서 제가 스스로에게 가장 많이 하는 질문은 '지금 몇 시일까?'입니다. 저는 늘 시곗바늘에 쫓기는 조급한 삶을 삽니다. 이것을 해야 하고 저것을 마쳐야 하는 하루의 인생 말입니다. 물론 직업상 정해진 시간에 정해진 말을 해야 하고, 일 분어치 말, 삼십 초어치의 말을 가늠해야 하는 이유도 있습니다.

그래서 여행지에 가서는 그 나라에 나를 맡긴 채 비로소 자유가 됩니다. 혼자 간 여행지가 편안한 이유입니다. 물론 예전에는 여행지에서도 숙제가 꽤 많았습니다. 이것도 봐야 하고 저것도 먹어야 하니까요.

볼거리에 대한 욕심을 버린 여행은 나에게 참 쉼을 허락합니다. 전화도 와이파이도 시계도 끊고 나서야 비로소 마음의 조급함이 시계 찬 손을 내려놓습니다.

물론 시계를 마주하지 않는다고 해도 시간까지 버릴 수

는 없습니다. 해는 뜨고, 배는 고프고, 또 어둠은 오니까요. 그냥 그 나라 시간에 나를 온전히 맡깁니다.

결국 일상의 조급함은 그 시곗바늘 한 바퀴 안에 욱여 넣은 꽉 찬 일정 탓입니다. 시계에 맞춰 일을 정하지 말고, 내 능력에 맞춰 시간을 정해야겠습니다.

어린 시절, 이십사 시간 동그라미 안에 호두파이 조각 처럼 잘게 나눈 숙제와 공부들. 아직도 저는 그 동그라미 안에 있습니다.

지금 시각 열 시 삼십일 분입니다.

짜증스러운

꽤 오래전 일입니다. 미국 출장을 위해 비행기를 탔습니다. 새벽에 생방송을 마치고 바로 공항에 간 터라 비행기 안에서 내내 잘 생각이었습니다. 앞자리에는 육 개월 남짓한 아기가 타고 있었습니다. 처음부터 칭얼대던 아기는 내내 울며 보챘습니다. 유난히 어려 보이는 아기 엄마는 어쩔 줄 몰라 했습니다.

승무원들도 몸이 달아 연신 오가며 아기를 달랬습니다. 아기 엄마와 주변 승객들을 위해 가끔은 아기를 갤리로 데려가기도 했습니다. 잠도 못 자고 이래저래 짜증이 났습니다. 그래도 제가 화를 낼 수 없었던 것은 그들이 최선을 다했기 때문이었습니다. 엄마도 승무원도 말입니다. 아기의 마음은 몰랐지만요.

"손님, 죄송합니다. 많이 힘드시죠? 아기가 감기로 고생하는 중이라 더 보챈다고 하네요. 얼마나 짜증 나실까요?

226

죄송합니다. 손님."

승무원들은 번갈아 가면서 사과를 하고 양해를 구했습니다. 계속해서 음료와 땅콩을 갖다 주기도 했습니다. 그나마 그들의 가장 큰 위로는 공감이었습니다. 그때는 저를 비롯한 주변 승객들이 느끼는 감정을 알아주는 것만으로도 분노는 어느 정도 수그러들었습니다. 화장실 순서를 기다리다가 우연히 갤리에서 승무원들이 하는 이야기를 듣게 됐습니다.

"이 아기 해외에 입양되는 거래요. 아마 그래서 더 우나봐요. 보호자가 엄마가 아니니까 아픈 아이 달래기도 힘든 거고요. 참…… 어쩌면 좋아요."

짧은 ——————— ✒

코소보에는 제 친구가 선교사로 있습니다. 아이가 초등
학교 3학년 때 세 식구가 함께 가서 시간을 보냈었습니다.
그 기억이 좋았던 모양입니다.

대학에 들어간 아들아이가
코소보로 삼 주 동안 여행을 떠납니다.

평상시와 다름없이 집을 나선 아이가
공항에서 문자를 보냅니다.

"출발."

역시 아들다운 문자입니다.

삼 주 후 아이는 딱 한 뼘 자란 모습으로 돌아왔을 것입
니다. 짧은 여행이었는데도 말입니다.

코소보에서 힘겹게 살아가고 있을 그 땅의 아이들과 아이들과 함께 울고 웃는 선교사 친구와 지구의 모든 슬픔과 기쁨을 배워 나가야 할 자식을 위해 내 자식을 생각하며 저도 바로 답장을 보냅니다.

"축복."

창피한

이력서를 쓸 때마다 망설입니다. 딱히 쓸 만한 것이 없기 때문입니다. 자기소개서를 쓸 때면 자랑스러운 이야기를 주로 적습니다. 하지만 내 인생은 창피한 일들로 가득 차 있습니다. 그 창피한 것들을 자꾸 숨기다 보니 인생이 반토막 나는 느낌입니다.

이력서에 성공만 적다 보니 실패가 더 창피한지도 모르겠습니다. 실제로 많은 사람들이 실패를 딛고 일어나 성공의 디딤돌로 삼습니다. 그럼에도 우리는 실패라는 디딤돌을 얼른 감춰 버립니다. 누가 볼까 봐 겁나기 때문입니다. 평생 비밀이었으면 좋겠다는 거겠지요.

이력서를 실패로 채워 본 적이 있습니다. 은근히 뿌듯했습니다. 내가 많은 일을 한 것 같은 느낌이었고 분명히 지금의 내 모습을 만든 실패들이었습니다. 물론 실패 이력서만 보면 무기력해질 수도 있습니다. 성공만 보면 교만해질 수도 있습니다. 그래서 둘 다 봐야 합니다.

　다만 창피해하는 내가 창피할 뿐입니다. 마윈Ma Yun 회장은 알리바바Alibaba 그룹 인재를 뽑을 때 실패를 많이 한 청춘을 찾는답니다. 본인이 그랬기 때문입니다.(4) 그는 자신의 인생을 결코 창피해하지 않습니다. 실패도 성공도 나를 만든 경험들입니다. 창피한 경험은 없습니다.

(4) 2015년 마윈 회장을 인터뷰한 적이
있습니다. 한 시간 동안 계속된 인터뷰에서
그는 무척 당당했습니다. 그가 당당했던
이유는 지금의 모습이 아니라 과거의 모습 때
문이었습니다. 그는 자신의 인생에
실패가 켜켜이 쌓여 있는 것을 무척
자랑스러워했습니다. 그는 실패하는
청춘들의 가치를 알고 있었습니다.

책 같은

'책이 힘들 때 위로가 될까요?' 이런 질문을 받은 적이 있습니다.

솔직히 삶에서 어떤 어려움을 책으로 극복한다고 생각하지는 않습니다. 진짜 힘들거나 허기를 느낄 때는 책조차 가까이하기 힘들겠지요. 물론 평소에 매일의 배고픔을 채우며 읽은 책들이 정말 어려울 때 내 마음의 영양분이 되어 도움을 줄 수는 있겠지요. 하지만 진짜 몸이 아플 때는 밥을 못 먹는 것처럼, 진짜 마음이 지쳐 있을 때는 책도 가까이할 수 없습니다.

중3 때, 아버지 서가에 꽂혀 있던 책 중에 엔도 슈사쿠의 『침묵』을 읽었어요. 제 기억에 가장 오래 머무는 종이 책입니다. 침묵의 가치를 알려 주었죠. 솔직히 그때는 아버지를 흉내 내려고 읽은 책인데, 한 이십 년 후에 일본 고토열도五島列島 출장 때 다시 읽었어요. 제 책『마음 말하기 연습』의 초석이 된 책이기도 하지요. 침묵이 마음을 여는 과정의 첫 단계라는 것을 알려 주었지요. 얼마 전에 영화화되었는데, 영화 〈사일런스〉를 보면서 다시금 감동을 느꼈습니다.

저는 종이책만큼 '사람 책'도 소중하게 여깁니다. 〈아침마당〉에서 만나는 사람들은 제가 매일 읽는 '사람 책'입니다. 사람 인생 자체가 활자화되지 않고 출판되지 않았을 뿐이지 인생 자체는 기승전결의 서사가 있는 책 느낌이 강합니다. 방송에서 만나는 사람들에게 알게 모르게 영향을 받습니다. 우리가 음식을 먹고 직접적으로 어떻게 좋은지 모르는 것처럼 좋은 책을 읽고 또 좋은 사람을 만나서 나도 모르는 사이에 좋은 영향을 받습니다. 사람 책을 읽는 재미도 쏠쏠합니다.

여행도 책하고 크게 다르지 않습니다. 누가 말했듯이

세상은 220여 쪽으로 된 책이고 우리나라에만 머문다는 것은 220여 쪽 중에 한 쪽만 읽고 마는 것. 다른 나라를 여행할 때마다 그 쪽수가 늘어난다는 것이지요. 여행을 참좋아합니다. 감사하게도 그동안 세계 칠십여 개 나라를 다닐 기회가 있었어요. 출장지도, 가족과 함께 다닌 여행지도 모두 제 삶에 경험이라는 식재료를 제공하는 훌륭한책입니다. 앞으로는 자주 갈 기회가 없을 터이니 더욱 소중하게 느껴집니다.

일상 속에서도 매일 여행을 다닐 수 있습니다.

하루 일상에서 제가 좋아하는 시간은 걸어서 출퇴근하는 시간입니다. 마포 집에서 여의도 회사까지 사 킬로미터예요. 마포대교 건너 여의도공원 지나서 사십 분쯤 걸리는 그 시간은 무엇과도 바꿀 수 없는 저만의 시간입니다. 좋아하는 여행을 멀리 떠나는 대신, 하루 사십 분씩 두번은 여행이라는 이름으로 제게 선물하는 시간입니다. 집을 떠나 집으로 돌아오는 것이 여행이라지요.

생각도 하고, 기도도 하고, 하루를 계획하거나 정리도 하고, 혼잣말로 대화도 하고, 화나는 일이 있을 때는 속풀이도 합니다. 일종의 정화, 자기 성찰의 시간이죠. 걸어서 출퇴근하다 보면 평소에 놓치는 그림들을 많이 봅니다. 차를 타고 다니면 볼 수 없는 것들을 보게 됩니다. 걷다 보면 작고 소소한 풍경에 눈길을 줄 수 있으니까 걷는 속도에서만 느껴지는 풍경들을 보는 재미가 쏠쏠해서 좋습니다. 제가 삶 속에서 읽는 또 하나의 책, '풍경 책'입니다.

'책이 힘들 때 위로가 될까요' 이 물음엔 어떤 답을 할 수 없습니다. 다만 힘들 때 위로가 되지는 못하겠지만 함께할 수는 있을 것 같습니다. 함께 지내다 그 안에서 나를 발견하고, 함께 여행하고 아파하고 위로받는 저 자신을 발견합니다.

종이책, 사람 책, 여행 책… 모두 인생에서 소중한 존재 아니겠습니까?

충실한

'아나운서를 하지 않았다면 뭐가 됐을까요?' 저는 이런 질문을 좋아하지 않습니다. 이미 아나운서를 하고 있고, 아나운서를 하지 않았다면 무엇을 했을까 하는 생각은 굳이 할 필요도 없고, 할 이유도 없다고 생각합니다.

제 인생 최고의 출연자를 꼽으라면 저는 주저하지 않고 호주 청년 닉 부이치치를 꼽습니다. 팔, 다리 없이 한계를 극복하고 귀한 인생을 살아가고 있는 분이지요. 언젠가 제가 진행하는 프로그램에 출연해서 이야기를 나누고 교제할 기회가 있었습니다.

그의 스피치 능력은 탁월했습니다. 콘서트 같았고 그의 맑은 웃음과 따뜻한 표정이 잘 어우러졌습니다. 그는 존재 그 자체로 많은 사람들의 마음을 녹여내더군요. 그는 '내게 팔다리가 있었더라면' 하는 생각에 얽매여 있을 것 같지는 않습니다. 그 순간이 어찌나 감사했던지 제가 갖지 못한 것을 한탄하며 잡으려고 애쓸 것이 아니라 오히려 포기할 것은 포기하고 제가 갖고 있는 것에 감사하며 지금 일에 충실해야겠다고 생각했지요.

인생이 여행이라면 내가 감당하는 역할이 나라일 수 있습니다. 저도 아들의 나라에서 살다가 남편의 나라와 사위의 나라로 와서 이제는 아버지의 나라도 다니고 있습니다. 물론 친구의 나라, 아나운서의 나라에도 살고 있습니다.

IV장 ─ 큰 투표함

● ㅋ

케케묵은

● ㅌ

타끈한

● ㅍ

푸만한

● ㅎ

하얗게 하얗게

하고 싶은

향기로운

허전한

헛헛한

홀가분한

훌륭한

황당한

맺으면서

인생은 거대한 투표함입니다.
당신이 살아온 날들을 장식한 수많은 선택이
큰 투표함에 들어 있습니다.
만족하십니까?
현명한 선택을 하셨습니까?
후회는 없으신지요?
투표함에 투표 용지를 넣는 순간 선택은 끝나고,
그 선택은 인생의 항로가 됩니다.
언젠가 개표하는 그날,
투표함에 위로 용지가 많았으면 좋겠습니다.

케케묵은

　아이가 대학에 들어가면서 이사를 했습니다. 먼저 살던 집은 아이 초등학교 들어갈 때 이사한 집입니다. 십삼 년 동안 살던 집을 떠나는 것은 몸도 마음도 쉬운 일이 아니었습니다. 작은 아파트지만 한강 속 밤섬이 보이는 전망을 품고 있던 집이라 떠나는 아쉬움이 컸습니다. 더욱이 팔고, 전세로 가는 터라 집 보러 다니는 마음도 신나지만은 않았습니다. 몇몇 집을 봐도 같은 평수인데 집이 유난히 좁게 느껴졌습니다. 심지어 가구 없는 새 아파트를 보는데도 집은 좁아 보였습니다.

　이사하면서 짐 정리를 하다 보니 잔짐이 엄청나게 많았습니다. 심지어 십삼 년 전 이사 오면서 쟁여 놓고 한 번도 풀지 않은 짐도 있었습니다. 분명 내 인생에 필요 없는 것일 테지만 막상 버리려니 아쉬움이 앞섰습니다. 책들이며 옷들이며 중고 가게에 잔뜩 넘겼다 해도 이런저런 짐들을 다시 부둥켜안고 새집으로 들어가 또 구석구석에 쟁여 넣었습니다. 분명 다음에 이사 갈 때 같은 후회를 할 텐데도 버리지 못하는 짐들이 마침내 인생의 혹처럼 느껴졌습니다.

버리지 못하는 것이 어디 이삿짐뿐이겠습니까. 이제 오십 줄에 들어서면서 마음의 이사를 한 적이 한 번도 없다는 것을 깨달았습니다.

어린 시절부터 구석구석에 온갖 정리되지 않은 마음의 짐들을 쌓아만 놨지 털어 버린 적이 없었습니다.

이사가 결정되고, 한 달 동안 엘리베이터에서 만나는 이웃들에게 이사 소식을 알렸습니다. 요즘 세상에 이사 간다고 떡 들고 집마다 초인종 누를 수 없을 바에야 그렇게라도 떠남을 알려야 덜 서운할 것 같았습니다. 비록 오르내리는 십여 초 동안 인사 몇 마디 나누던 사이였지만 떠난다니 아쉽고, 더 가까이 지내지 못한 것이 후회스럽기도 했습니다. 21세기 용강동 아파트 이웃들이 1988년 쌍문동에서 집터 놓고 사는 이웃들만큼 다정하겠습니까마는, 그래도 이웃은 이웃이었나 봅니다. 그간 맘 상하지 않고, 큰소리 없었던 것이 그저 고마울 뿐입니다.

새로 이사 온 집 엘리베이터에서는 인사를 트는 데 꽤 오래 걸렸습니다. 한동안 서로 눈치만 보고 있었습니다. 그러고 보니 나는 내게 다가오는 새날들과 인사를 트지 못했습니다. 아마 새로 만나는 오십이라는 나이가 생경해 눈치만 보는 모양입니다. 아직 멀리 바라볼 자신도 없고, 오십 년 넘게 쌓인 마음의 잔짐도 여전한데, 이제 쉰 중반에 새로 만날 친구들은 또 누가 될지 기대와 걱정이 섞입니다.

이냥저냥 아직 정리하지 못한 이삿짐은 뒤로하고 마음의 이사부터 서둘러야 할까 봅니다. 곧 새집 창밖에 있는 나무 몇 그루가 초록 옷을 입기 전에 말입니다.

타끈한 ✎

타끈하다.
치사하고 인색하며 욕심이 많다는 뜻입니다.

우리 인생 드라마에 늘 출연하는 사람들,
타끈한 사람들입니다. 참 많습니다.

결정적인 순간에 누군가 타끈한 사람을 만났다면, 지금
이 그의 인생에서 가장 친절한 순간이라고 생각하십시오.

그를 이해하며 그를 용서할 수 있을 겁니다.
그는 그의 인생에서만큼은 내게 가장 친절했습니다.

푸만한 ✒

푸만하다.

'배 속이 그득하여 조금 거북하고 편하지 못한 느낌이 있다'는 뜻입니다.

오십이 넘으면서 찾아온 변화입니다. 밀가루로 만든 음식을 먹으면 속이 더부룩하고 푸만한 느낌이 들더군요. 결단이 필요했습니다. 그렇게 좋아하던 빵과 국수를 끊어야 하는 상황입니다.

식당에 가면 항상 우선순위는 국수 메뉴였습니다. 집에서 식사를 마치면 항상 빵으로 입가심을 했습니다. 그랬던 제가 푸만한 느낌을 견디지 못하고 빵과 국수를 끊기로 했습니다. 줄여 볼까도 했지만 탄수화물은 줄일 수 없다는 조언에 과감하게 끊었습니다.

열흘 동안 금단 증상으로 무척 괴로웠습니다. 무척 예민해졌고, 다른 음식은 먹는 기쁨이 없었습니다. 열흘이 지나자 빵 생각, 면 생각이 사라졌습니다. 신기하게도 전혀 생각이 나지 않았습니다. 그 후로 자연스럽게 빵과 면은 식탁에서 사라졌습니다. 함께 사라진 것이 있습니다. 뱃살과 군살이 싹 사라졌습니다. 배는 평평해졌고, 몸무게는 쑥 빠졌습니다.

내가 좋아하는 것은 내가 싫어하는 것을 데려왔습니다. 내가 좋아하는 것을 끊으니 싫어하는 것도 사라졌습니다. 혹시 내가 싫어하는 것들이 내가 좋아하는 것들 때문에 생긴 것은 아닐까요? 당신이 좋아하는 것을 포기하면 함께 사라지는 것들이 있습니다.

내가 느끼는 푸만한 느낌.
내게 무언가 버려야 할 것이 있다는 뜻입니다.

하고 싶은

걷기는 철학이 아니라 일상입니다.

캐나다 밴쿠버에서 삼 년을 생활하고 한국으로 돌아올 무렵 차를 두어 달 일찍 팔게 됐습니다. 그때부터 걸었습니다. 밴쿠버에서 학교를 가고, 교회를 가고, 장을 보고, 산책을 하고, 걷는 일상이 제법 마음에 들었습니다. 보이지 않던 것들이 꽤 보였습니다.

한국에 돌아와서도 출퇴근부터 시작한 걷기가 자연스럽게 일상이 된 지 어언 십사 년이 넘었습니다.

아침 생방송을 위한 새벽 출근길, 다섯 시 오십 분에 공덕동 집을 나서 여의도까지 사 킬로미터. 넓은 도로 곁을 지나고 마포대교를 건너, 여의도 공원을 쭉 따라가면 사십 분 남짓 걸립니다. 퇴근길은 거꾸로 되돌아옵니다. 문득 계절이 보입니다.

걷기가 익숙해지면 호흡 같은 일상이 됩니다. 공덕동을 중심으로 북쪽으로는 광화문, 동쪽으로는 한남동, 서쪽으로는 상암동, 남쪽으로는 영등포까지는 웬만하면 걷습니다. 차로 다니면 남의 동네지만, 걸으면 넓은 우리 동네가 됩니다.

굵은 장대비가 내리지 않는 한, 영하 5도 아래의 추위나 초속 삼 미터 이상의 강풍이나 매우 나쁜 미세먼지 상태가 아닌 한 걷는 일상은 계속됩니다. 조금만 서두르고 조금만 견디면 시간도, 날씨도, 어둠도 걷기를 방해하지 못합니다.

나의 걷기에는 철학이 없습니다. 다만 일상일 뿐입

니다. 숨 쉬고, 밥 먹고, 잠자고, 일하고, 말하고, 보고, 듣고, 생각하듯 그저 걷습니다. 심장이 숨을 쉬며 호흡하듯 나의 다리는 걸으며 호흡합니다.

다만 나만의 걷기에 숨어 있는 경제학을 찾았습니다. 시간의 경제학입니다. 출근길에 승용차를 타면 십 분, 버스를 타면 이십오 분, 걸으면 사십 분입니다. 하지만 걷는 시간은 재활용이 가능합니다. 생각하고, 음악 듣고, 경건의 시간(명상의 시간)을 가지기에 사십 분은 충분히 좋은 시간입니다.

환경의 경제학입니다. 온실가스 배출로 인한 지구 위기가 다가오는 요즘, 혼자 타는 승용차로 연료를 소비할 만큼 나의 하루는 대단하지 않습니다. 굳이 대중교통의 혼잡도를 높일 생각도 없습니다. 우리의 지구는 나의 시간보다 소중합니다.

비용의 경제학입니다. 승용차 유류비는 차치하고라
도 출퇴근 대중교통 비용 한 달 최소 5만 원. 나의 걷기
에 대한 최소한의 대가입니다. 걷기가 주는 무수한 유
익을 접고라도 십 리를 걸으면 1,250원을 법니다. 일 년
이면 60만 원입니다.

운동의 경제학입니다. 걷기가 얼마나 좋은 운동인지
는 전문가들이 입을 모읍니다. 따로 시간을 내어 운동
하기 힘든 요즘, 걷기라는 생활운동은 모든 면에서 유
익합니다. 내 몸에 맞는 걷기 방법만 제대로 익힌다면
최고의 운동입니다.

마음의 경제학입니다. 걷기는 스스로 사유하는 시간

입니다. 출근길 동트는 하늘을 보며 하루의 설렘을 계획하고, 퇴근길 흐르는 강물을 보며 하루의 분노를 흘려보냅니다. 조급한 일상에서 걷기는 내 인생의 속도를 조절해 줍니다.

애써 짜 맞춘 경제학의 논리를 걷기라는 일상에 접목해 보니 한편으로는 우습기도 합니다. 걷기가 내 인생에서 어떤 의미를 차지하는지는 모르겠습니다. 어떤 대단한 철학이 내 삶에서 걷기의 비중을 높인 것도 아닙니다. 그냥 걷습니다.

걷기가 내 삶을 바꾼 것도 아닙니다. 정확히 말하면 지난 십여 년을 걷지 않은 채 보냈다면 지금의 내 삶이 어떤 모습일지 짐작할 수 없기 때문에 바뀐 것인지 바뀌지 않은 것이지 도무지 알 수 없습니다. 나는 그냥 걸은 것뿐입니다.

제주 둘레길을 제대로 걷고 싶고, 스페인 산티아고 순례길도 걷고 싶고, 예수님이 십자가를 지고 걸으셨던 예루살렘에서 갈보리까지의 고난의 길, 비아 돌로로사Via Dolorosa도 걷고 싶지만 이 순간 내 삶에 있는 길도 그만큼 소중합니다.

마포대로, 마포대교로 건너는 한강, 여의도 공원 산책로, 경의선 숲길 공원. 내 삶의 일상에 놓인 수많은 길들이 내 삶의 둘레길이며, 내 인생의 순례길이고, 내가 내 등에 십자가를 지고 가는 비아 돌로로사, 고난의 길이기도 합니다.

과학기술의 발달은 움직이는 인간을 멈추게 했고,

그 자리에 편히 머물게 했습니다. 편리한 문명은 결코 영원하지 않습니다. 지구가 견디지 못하기 때문입니다. 걷기를 포기하면서 인류는 많은 것을 잃었습니다. 이제 걷는 일상을 회복해야 할 때입니다.

나는 일상에서 숨 쉬는 것처럼, 밥 먹는 것처럼 걸을 것입니다. 살아 숨 쉬는 동안 나는 다리를 움직여 내게 주어진 길을 걸을 것입니다. 내가 밟는 모든 땅에는 내 인생의 산을 넘는 자들의 아름다운 발걸음의 흔적이 남을 것입니다.

십 리 길도 한 걸음부터 시작합니다.

하얗게 하얗게 ──────── ✒

　걱정은 눈덩이 같습니다.

　아기 주먹 크기의 눈뭉치를 굴리면 눈덩이가 되고,
또 다른 눈덩이를 굴려 얹으면 눈사람이 됩니다. 작은
눈뭉치가 구르고 굴러 눈이 묻듯이, 작은 걱정이 생각
을 구르면 걱정이 묻습니다. 걱정 덩어리 위에 또 다른
걱정 덩어리를 얹습니다. 걱정 눈사람 위에 십 층 탑이
라도 쌓을 태세입니다.

　살이 찔까 봐 걱정입니다. 걱정한다고 이미 붙은 살
이 저절로 빠지진 않습니다. 성적이 떨어졌을까 봐
걱정입니다. 걱정한다고 이미 망친 시험 점수가 오르진
않습니다. 아이가 대학에 떨어질까 봐 걱정입니다. 걱
정한다고 놀던 아이가 정신을 차리진 않습니다. 집값
이 떨어질까 봐 걱정입니다. 걱정한다고 집값이 오르진

않습니다. 걱정은 하면 할수록 커지기만 합니다. 웬만하면 생각으로 굴리지 말고 밀어내 봅시다. 걱정은 꼬리에 꼬리를 뭅니다. 꼬리 자르기, 바로 걱정의 꼬리를 잘라야 합니다. 그 걱정 내일 합시다. 내일은 또 내일로 미루면 됩니다.

참, 내일이면 걱정 눈사람은 다 녹을 겁니다.

향기로운

북악산 자락에 있는 국립 맹학교에서는 가끔 특별한 수업이 열립니다.

시각장애 학생들을 위한 플라워 클래스, 꽃꽂이 수업입니다. 꽃은 시각용 관상 생물인데, 시각장애인들에게 꽃꽂이를 가르친다니요. 이렇게 선입견을 넘어서야 창의적인 가르침이 나옵니다. 꽃을 후각용, 촉각용 생물로 취급하자는 거지요. 다양한 향기와 독특한 질감을 느껴 보는 수업입니다.

네댓 명의 플로리스트 선생님이 오시고요.(5) 중도 시각장애를 입은 열댓 명의 학생들이 수업을 듣습니다.

수업은 향기를 맡는 것부터 시작합니다. 유독 향기가 짙은 꽃들을 가져오셨군요.

(5)   이 특별한 수업은 꽃 정기 배송 업체
'꾸까'의 사회공헌활동입니다.

학생들의 표정에 생기가 돕니다. 늘 손으로, 귀로 수업
하던 학생들의 코에 향기가 들어갑니다. 이어서 꽃을 만
지는 시간입니다. 가시 없는 꽃들입니다. 아니 가시조차
촉감의 대상입니다. 점자로 피곤해진 손가락이 부드러운
생물의 기운에 힘을 얻습니다. 평생 이들의 소통을 위해
애써 줄 손가락들입니다.

앞에 놓인 꽃병에 이제 꽃을 꽂아 봅니다. 손으로 만지
며 모양을 만듭니다. 제법 모양이 만들어졌습니다. 선생
님께서 감탄해 주시네요. 꽃병에 꽂힌 꽃들은 향기로 질
감으로 그들에게 느껴졌지만 화려한 색깔과 아름다운 모
양을 볼 수는 없습니다.

하지만 괜찮습니다.
그가 사랑하는 사람이 곧 받아 마음껏 볼 테니까요.

꽃을 들고 엄마에게 보낼 영상 편지를 찍은 후에 꽃병을 투명 가방에 담아 집으로 보냈습니다. 엄마가 곧 눈 감은 아들이 처음 만든 꽃꽂이 작품을 받아 볼 겁니다. 향기에도 색깔이 있겠지요.

엄마, 사랑합니다.

허전한 ─────── ✏

　주위에 아무도 없으면 공허한 느낌이 들 때가 있습니다. 식구가 그렇고 친구가 그렇습니다. 때로는 문구가 그렇습니다. 어려서부터 책상 위에는 문구가 가득했습니다. 책을 읽든 글을 쓰든 그림을 그리든, 책상 위에 놓인 문구는 든든한 친구였습니다.

　가끔 누군가와 방을 같이 쓰고 싶었던 외아들은 문구들과 책상을 같이 썼는지도 모릅니다. 연필, 지우개, 자, 컴퍼스, 삼각자, 수정액, 샤프, 샤프심, 요즘은 접착식 메모지, 울긋불긋 표시 스티커까지. 아들아이도 학교에 들어가면서부터 문구를 제법 모으는 걸 보니 혈통인가 봅니다.

　언제부터인가 책상을 비우기로 했습니다. 사무실 책상을 다 치웠습니다. 먼저 필요 없는 것들을 치웠습니다. 그리고 잘 쓰지 않는 것들을 정리했습니다.
　결국, 소중한 것들만 남겼습니다. 서랍만 열면 보이도

록 넣어 뒀습니다. 하나하나 정리하니 꼭 필요한 것이란 없더군요. 이제 문구가 없어도 허전하지 않습니다. 가끔 필요할 때도 있지만 그 순간조차도 딱히 없어도 되더군요.

실은 삼 년 휴직을 하고 캐나다에 갔다가 다시 돌아온 직후부터 사무실 책상에 아무것도 놓지 않았습니다. 그때는 또 떠나고 싶어서 항상 떠날 준비를 한다는 핑계였습니다.

휴직으로 회사 자리를 비우기 전이었습니다. 내일 떠나야 하는데, 십 년 쓴 내 책상 가득한 문구는 물론 서류와 책과 음반 들까지 처치 곤란이었던 기억이 큽니다. 심지어 입사 직후에 꽂힌 책이 먼지를 덮고 십 년째 있었으니까요. 회사로 돌아와 책상을 다시 책 무덤으로 만들 수는 없었습니다.

텅 빈 책상에서 시작해 그 공간의 여유를 지켜냈습니다. 책 선물을 받아도, 탐나는 문구가 생겨도 남겨 두지 않았습니다. 그랬더니 넓은 책상이 서서히 눈에 들어왔습니다. 책 한 권 펼쳐 놓고 읽어도 운동장 같은 여백이 있어 좋습니다. 허전한 줄 알았더니 시원함이었습니다. 심심할 줄 알았더니 몰입할 수 있었습니다.

저는 지금도 떠날 준비를 하고 있습니다. 혹시 만에 하나 제가 사고로 갑자기 이 세상에 없게 된다 해도 사무실에서 집으로 보낼 누런 짐 상자 따위는 없습니다.

헛헛한 ──────✏️

　식탁 옆 격자무늬 창밖으로 보이는 앙상한 나뭇가지에 말라비틀어진 채 근근이 달린 단풍잎이 유난히 처량합니다.

　가신 이후 줄곧 비가 오락가락합니다. 는개(6)라는 말이 어울리는 빗줄기입니다.

　이게 밴쿠버의 겨울인가 싶다가도 이내 곧 마음속에 깊이 파인 공터에서 헛헛함을 찾습니다.

　이내 메일로 안부를 물으려다가도 한국에서 바쁘실 텐데 하는 마음에 차마 클릭을 하지 못합니다.

　이제야 마음이 좀 편해지네요. 그래도 고개만 돌리면 방 곳곳에 남기고 가신 물건들이 추억을 자아냅니다.

　오늘 저녁도 결국 주고 가신 고등어가 식탁에 올랐습니다. 뭘 그리도 많이 주셨는지 도저히 피할 길이 없습니다.

　물론 시간이 지나면 곧 잊히겠지만, 그래도 한때 가까이 지냈던 든든함에 당분간은 이리 헛헛하겠지요.

(6) 안개비보다 조금 굵고 이슬비보다는 가
는 비. 밴쿠버는 이런 비가 1월에는 보통
29일 이상 내립니다.

캐나다 밴쿠버에서 살던 시절, 가깝게 지내던 분이 떠
나고 쓴 메일의 한 부분입니다.

십여 년 전 밴쿠버에 있을 때는 누군가 떠나면 그렇게
헛헛했습니다. 저희는 삼 년을 머물렀고, 일 년씩 다녀가
시는 분들이 꽤 있었기 때문입니다. 삶의 폭이 그리 넓지
않아, 다녀가시는 분들과 가까이 살다 보면 가까이 지낼
수밖에 없습니다.

이민자들은 그래서 짧은 기간 오시는 분들에게 쉽사리
마음을 내주지 않습니다. 그 헛헛함 달래려면 남은 사람
들만 힘들거든요. 물론 알고 지낸 기간은 일 년이 채 안 되
는 사람들이지만 가족 단위로 만나고, 그만큼 자주 만나
기 때문에, 일 년의 만남이 도시에서 쌓은 십 년어치 정은
족히 됩니다. 그래서 그 헛헛함도 같이 살던 식구 보내는
마음 같습니다.

한국에 돌아와서도 몇 번 연락을 주고받지만, 이내 한국에는 다른 지인들이 충분하니까 그때만큼 절실할 이유가 없습니다. 곧 추억은 포장되고 잊힘으로 변질됩니다. 어쩌면 그래서 우리가 이 인생을 살아갈 수 있겠지요.

우리가 인생의 모든 이별을 기억한다면, 정말 끔찍합니다. 동네 골목 친구부터, 초등학교 전학 간 친구, 학창 시절, 군대 친구에 우연히 만난 사람들까지. 그들은 순간의 든든함을 나에게 선물로 주고 사라집니다. 잠깐의 헛헛함은 내가 지출하는 대가입니다.

그러니 혹시 지금 누군가 떠나서 헛헛하시다면 잠깐만 견디십시오. 시간이 그 마음을 추억으로 돌려놓을 겁니다. 나중에 그 추억을 잊고 나면 오히려 미안해진다니까요.

홀가분한 —————— ✒

저는 시계가 좋습니다.

한 걸음 한 걸음 꾸준히 걸어가는 그의 한결같음이 좋습니다. 동행하는 바늘들도 부럽습니다. 따로 또 같이 다니는 모습 말입니다. 둘 혹은 셋에서 각자의 속도를 부러워하지도 않고 얕보지도 않고, 만남과 이별을 담담하게 감내하는 그들의 내공이 부럽습니다.

시곗바늘의 그런 모습이 내 기질과 맞는 모양입니다.

그들의 철학을 단순히 숫자로 바꿔 버린 편리 위주의 기술자들이 야속할 정도입니다. 시계 자체는 좋아합니다. 하지만, 시계를 잘못 이용하는 사람들은 싫습니다.

구속하는 삶은 무겁습니다.

대학 시절 어느 캠프에서 시계 없이 2박 3일을 보낸 적이 있습니다. 휴대전화가 없던 시절이었으니 가능했겠지요. 순전히 스태프들의 지시에 따라 움직였는데요. 그러다 보니 새벽 세 시에 일어난 적도 있더군요. 무척 홀가분한, 신선한 경험이었습니다. 어쩌면 우리는 스스로 시계의 감옥에 갇혀 있는지도 모릅니다.

그러고 보면 숫자는 감시자입니다. 책 속 쪽 표시도 또 하나의 감시자입니다. 종이마다 앉아 있는 숫자들은 묵상보다 속도를 보챕니다. 이만큼 읽었지, 혹은 아직도 이것밖에 못 읽었다는 중간 평가가 부담스럽습니다.

이병률 작가의 책에는 쪽 표시가 없습니다.
처음엔 때론 답답하기도 하지만 여행가다운 신선한 시도입니다. 숫자 없는 책은 글들이 오롯이 빛납니다. 방해 없이 쏙쏙 들어오는 산뜻한 기억이 그의 책에는 충만합니다.

여행지에서 시계야말로 엄혹한 감시자입니다.

시계 없는 여행이야말로 진정한 여행 아닐까요?

이스라엘 해변에 가면 자주 목격하게 되는 놀이가 있습니다. 비치 테니스라 불리는 마콧Matkot입니다. 테니스 라켓 크기의 탁구채로 공을 떨어뜨리지 않고 주고받는 운동입니다. 이게 그런데 점수를 세지 않는 평화와 공존의 게임이라는군요.

경쟁 없이 즐기는 스포츠가 진정한 화합의 운동 아니겠습니까? 항상 시합에, 내기에 목매달았던 그 시절이 후회됩니다. 삶의 자유는 점수, 등수, 돈, 시간 같은 숫자의 압박을 물리칠 때 오는지도 모르겠습니다.

하루 중에 내가 나에게 가장 많이 던지는 질문이 무엇인지 아십니까?

바로 '지금 몇 시지?'입니다.

우리는 홀가분함을 숫자에게 빼앗기고 삽니다.

아마 당신은 지금 시계를 보든지, 이 책의 쪽수를 확인하고 있을 겁니다.

황당한 ────────── ✏

아침부터 하늘을 덮은 비구름이 스산한 기운을 더합니다. 그래도 오늘은 어떻게든 가야 한다고 마음먹었습니다.

오늘 못 가면 벌써 두 해를 거르게 됩니다. 시간 내서 해야 하는 일인데, 제대로 시간 맞추기가 어려운 일이 누구에게나 있습니다. 제게는 그 일이 성묘입니다. 열세 살 때 어머니가 돌아가시고, 서른셋에 아버지가 돌아가셨으니 산소 가는 일에 이골이 날 법도 합니다.

하지만 명절 때마다 생방송을 해야 하는 직업이라 성묘 시간 내기가 만만치 않습니다. 명절은 제대로 쉬어 본 적 없고, 명절 앞서 가거나 명절 지나서 간다 해도 딱히 날짜를 정하여 많지도 않은 세 식구 함께 가려다 보면 해 넘기기 일쑤입니다.

오늘은 마침 근처에서 강의가 있어, 끝나고 혼자라도 들렀다 올 생각입니다. 뭐, 대단한 숙제도 아닌데, 숙제를 안 했는데도 선생님이 아무 말 안 하시고 놔두는 모양으로 영 마음이 무겁습니다. 아버지 어머니는 뭐라 않으실 텐데도 말입니다.

아침부터 날은 흐렸지만 그래도 제법 비 안 뿌리고 하늘이 잘 견딥니다. 얇은 막으로 먹구름을 받치고 있는 양, 하늘은 무거운데 비는 안 오고, 오히려 덥지 않아 좋은 여름날입니다. 강의 끝나자마자 차 한잔의 호의도 뿌리치고 서둘렀습니다.

근처라지만 차로 삼사십 분은 가야 하는 터라, 비 오기 전에 다녀올 심산으로 속도를 좀 냈습니다. 그래도 꽃은 드리고 싶어서 가는 길목 꽃집에서 얼른 한 다발을 챙깁니다. 옆집에서 고기 굽는 냄새가 발목을 잡았지만 급한 마음에 뿌리쳤습니다.

다행히 음산한 날이어도 빛이 있을 때 공원묘지에 도착했습니다. 그런데 입구부터 심상치 않습니다. 한두 해 거르다 보니 뭔가 많이 바뀌어 있습니다. 새로 추모공원이 조성됐고 진입로도 바뀌었습니다. 산자락 모양새도 영 다릅니다.

올 때마다 이정표 삼았던 것들이 보이질 않습니다. 간이 주차장도 없어졌고, 큰 표지판도, 큰 쓰레기통도 도무지 찾을 수 없습니다. 부모님 산소 올라가는 길 입구에 있던 큰 어르신 산소도 바뀐 모양입니다. 여기가 아니지 싶습니다.

그래도 비슷하다 싶은 길목을 들어서 올라갔지만 영 길 모양새가 다릅니다. 무엇보다 묘가 많아졌습니다. 당연한 일이겠지요. 그동안 들를 때마다 또 늘었네 하고 느끼던 체감 증가세보다 세 배는 되는 모양입니다.

이거 큰일 났습니다. 꽃다발 들고 산길 헤맨 지 얼추 한 시간이 다 되어 갑니다. 할 수 없지요. 가던 길 도로 내려와 관리실에 가서 묻습니다. 마침 묘지 관리하는 어르신이 쉬는 날이라는군요. 전화로 길을 물을 수밖에요.

"어르신, 묘지를 찾고 있습니다. 많이 바뀌어서 잘 모르겠네요." 사정을 말하며 아버지와 어머니 성함을 말씀드리고 위치를 물었습니다. 지도를 보시는 것도 아닌데, 이름으로 기억하긴 힘드실 것 같아 몇 번 생각나는 이정표를 말씀드렸더니 대뜸 하시는 말씀이, "아하, 김재원 아나운서 댁 묘지 말씀이시군요. 맞죠?" 순간 당황했습니다. '아, 내 이름을 알고 계시다니, 그럼 내가 두 해 거른 것도 알고 있겠다' 싶어 부끄러웠습니다. 순간 "아, 네, 맞습니다. 그 댁이요." 마치 제가 아닌 듯 얼버무렸습니다.

그 뒤로 친절하게 위치를 설명해 주시는데 귀에 들어오질 않았습니다. 괜히 죄를 지은 것도 아닌데 불효자 제 발저려 마음을 잡지 못한 채 한 귀로 흘려들었습니다. 감사하단 짧은 인사 남기고 얼른 전화를 끊고 주워들은 조각을 다시 맞춰 봅니다.

오르락내리락 다시금 한 시간을 헤맸지만 나올 듯 나오지 않으며 산소는 좀처럼 모습을 드러내질 않습니다. 오랜만에 온 아들이 괘씸하여 부모님이 서운하셨나 싶기도 했습니다. 빗방울이 떨어지고 제법 굵은 빗줄기가 됐습니다. 우산도 없는데 말입니다.

결국, 포기하고 젖은 몸으로 차에 돌아와 운전석에 앉아 머리를 털었습니다. 혼자 헛웃음이 나왔습니다. 참, 이 나이에 부모님 산소도 못 찾고, 비는 쫄딱 맞고 정말 기가 막혔습니다. 불효자의 황당한 하루는 이렇게 저뭅니다. 공원묘지를 벗어나니 비가 그쳤습니다.

훌륭한 ✎

아직 완성되지 않았다고 훌륭하지 않은 것은 아닙니다. 레오나르도 다빈치의 〈모나리자〉도 미완성입니다. 베토벤 교향곡 9번 〈합창〉도 미완성입니다. 나쓰메 소세키의 걸작 『명암』도 미완성입니다.

그러고 보니 소설도, 그림도, 음악도 딱히 완성의 기준이 있을까요? 지금 잘 읽히고, 보이고, 들리면 그게 완성이지요. 인생도 마찬가집니다 인생에 어찌 완성이 있겠습니까? 그냥 이렇게 잘 살고 있으면, 진짜 훌륭한 겁니다.

여전히 제 인생도 미완성입니다.

─── 맺으면서

'위로'라는 단어를 오랫동안 부둥켜안고, 연습을 넘어 훈련이라는 생각으로 버텼습니다. 눈을 켜고 보니 위로가 필요한 사람은 넘쳐났고, 위로의 말은 여름 가뭄 못지않습니다. 게다가 아무도 예상하지 못한 힘든 시기가 찾아오고, 발이 묶이고, 입을 가리고, 사람을 못 만나게 됐습니다. 답답한 시절, 아무도 나를 위로해 주지 않을 때, 타인의 위로를 기다리기보다 스스로 위로하기로 했습니다. 나를 가장 힘들게 하는 것은 반추와 후회입니다. 마치 소가 되새김질을 하듯이 과거를 곱씹습니다.

'그때는 왜 그랬을까?'
'그때 그러지만 않았어도 내 인생이 달라졌을 텐데.'
과거에 만들어 놓은 미련에서 헤어나오지 못합니다. 후회는 나의 현재를 충분히 잡아먹을 만큼 강력합니다. 또 하나 나를 힘들게 하는 것은 원망과 미움입니다. 내 시간을 갉아먹고 나를 무기력하게 만듭니다.

'그 사람은 도대체 내게 왜 그런 걸까?'

'그 사람만 만나지 않았어도 지금 내가 이렇지 않을 텐데.'

원망은 끊임없는 관계의 연속선에서 좋은 핑계입니다. 그 사람이 내 삶의 성을 무너뜨렸다고 원망합니다. 후회와 원망으로 가득 찬 내 생각을 사로잡고 있는 것은 바로 '아까'와 '어제'입니다.

'아까 그러지 말걸'

'어제 내가 왜 그랬을까?'

많은 사람이 '아까'와 '어제'에 얽매여 지금을 좀먹고, 달콤한 잠을 이루지 못합니다. 사실 당신은 아까도, 어제도 최선을 다했습니다. 상황이 결과를 그렇게 만들었을 뿐입니다. 설령 최선을 다하지 못했다 하더라도 잠깐의 반성으로 바로잡고 곧바로 버리십시오.

당신의 지금 현재를 소중하게 만드는 가장 좋은 방법은 바로 '아까'와 '어제'를 버리는 일입니다. 시간은 이미 지나갔는데, '아까'와 '어제'가 내 생각에 여전히 머물고 있음을 알아차리십시오. 어제는 그제를 버렸고, 내일은 오늘을 버리겠습니다. 일단 지금 '아까'부터 버리겠습니다.

아무도 나를 위로해 주지 않을 때, 스스로 위로하는 가장 쉬운 방법은 '아까'와 '어제'를 버리는 일입니다. 부디 당신이 당신의 마음에서 평안한 하루를 보내기를 기원합니다. 저도 아침마다 당신을 위로하겠습니다.

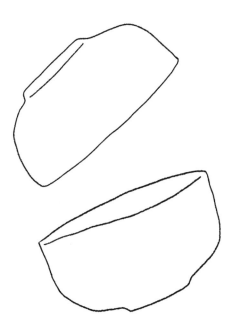

추천의 글

후배 결혼식에서 축사하는 김재원 작가를 유심히 본 적 있다. 언어적 정합성은 물론 유머까지 적절히 배치된 그의 스피치는 길지만 간결했다. '간결하다'와 '길다'는 반대편의 말이다. 모순되고 놀라운 그의 축사를 복기해 보았지만 보고도 속고 마는 마술 같았다. 객석에선 "AI 아니야?"라는 감탄 섞인 농담이 흘러나왔다. ―스피치용 AI 딥러닝 프로젝트가 있다면 최적의 모델로 김재원 작가를 추천하겠다. 덕분에(?) 그도 나도 직업을 잃을지 모르지만. ―이후 그의 내부에서 언어가 작동하는 방식이 내내 궁금했는데 글을 읽으니 비밀을 알 것도 같다.

모순처럼 느껴지는 '간결하다'와 '길다'는 시詩의 윤리 Ethica이기도 하다. 시의 길이는 짧지만 여운은 길다. 문장 구조는 단순하고 연과 연 사이의 여백은 아득하다. 여백은 시작詩作에서 가장 중요한 요소 중 하나다. 독자가 쉴 틈 없이 빽빽이 자신의 이야기만 쏟아내는 글이 있는 반면, 괄호가 많아 독자에게 쉴 틈을 주고, 생각할 수 있게 여백을 남겨 준 글이 있다. 김재원 작가의 글은 후자에 속한다. 그의 글이 시적으로 느껴지는 이유다. 독자 자신을 투사할 수 있게 배려하는 글은 희귀하고 빛난다. 시적 태도가 몸에 밴 그가 언젠가 시를 쓸 것으로 생각했는데, 시의 얼굴을 지닌 글을 만나게 되었다.

살면서 겪는 다양한 감정의 형용사들을 책의 갈피마다 끼워 두고 글은 시작된다. 설득하는 위로가 아닌, 담담히 자신을 내보여 고이는 위로가 책 속에 고스란하다. 문장의 솔직함 때문이다. 김재원 작가의 글은 솔직하고 단정하다. 군더더기 없고 선명하다. 이런 종류의 글은 대개 경직되기 마련인데 유연하다. 글쓰기에서 중요한 균형감을 잘 유지한다. 글을 쓰다 보면 욕심이 생긴다. 형용사와 부사가 뚱뚱하게 붙어 중심을 잃고 문장이 무너지는 경우가 많은데 그는 '과장'을 단호히 걷어낸다.

솔직하고 단정한 성품은 문장으로 드러나기 마련이며, 이것은 작가 고유의 문체가 되고 문채文彩로 남아 스스로 빛난다. 이 책에는 한 인간으로서 겪게 되는 보편 사건들을 사유해 걸러낸 양질의 문장이 가득하다. 문장 속에서 각자의 괄호들을 채워 나가다 보면 독자들은 아쉬움으로 책의 마지막 장에 이를 것이다. 당신을 위무慰撫하는, 머리맡에 두어 자주 펼쳐 볼 수필 한 권이 당신 곁에 도착했다.

이상협 아나운서·시인

아주 작은 형용사

2022년 05월 31일 1판 1쇄 펴냄
2022년 07월 04일 1판 3쇄 펴냄

지은이 김재원
펴낸이 김성규
편집 김은경 김도현 조혜주
디자인 김동선 신아영
펴낸곳 걷는사람
주소 서울특별시 마포구 월드컵로 16길 51 서교자이빌 304호
전화 02 323 2602
팩스 02 323 2603
등록 2016년 11월 18일 제25100-2016-000083호
ISBN 979-11-92333-15-1

979-11-89128-13-5 [04800] 세트